世界再远，亦在身边。因你即是世界。

——谨以此献给我的老爸老妈

邹信浩 著

旅程千变万画

从甘南到泰国

北京大学出版社
PEKING UNIVERSITY PRESS

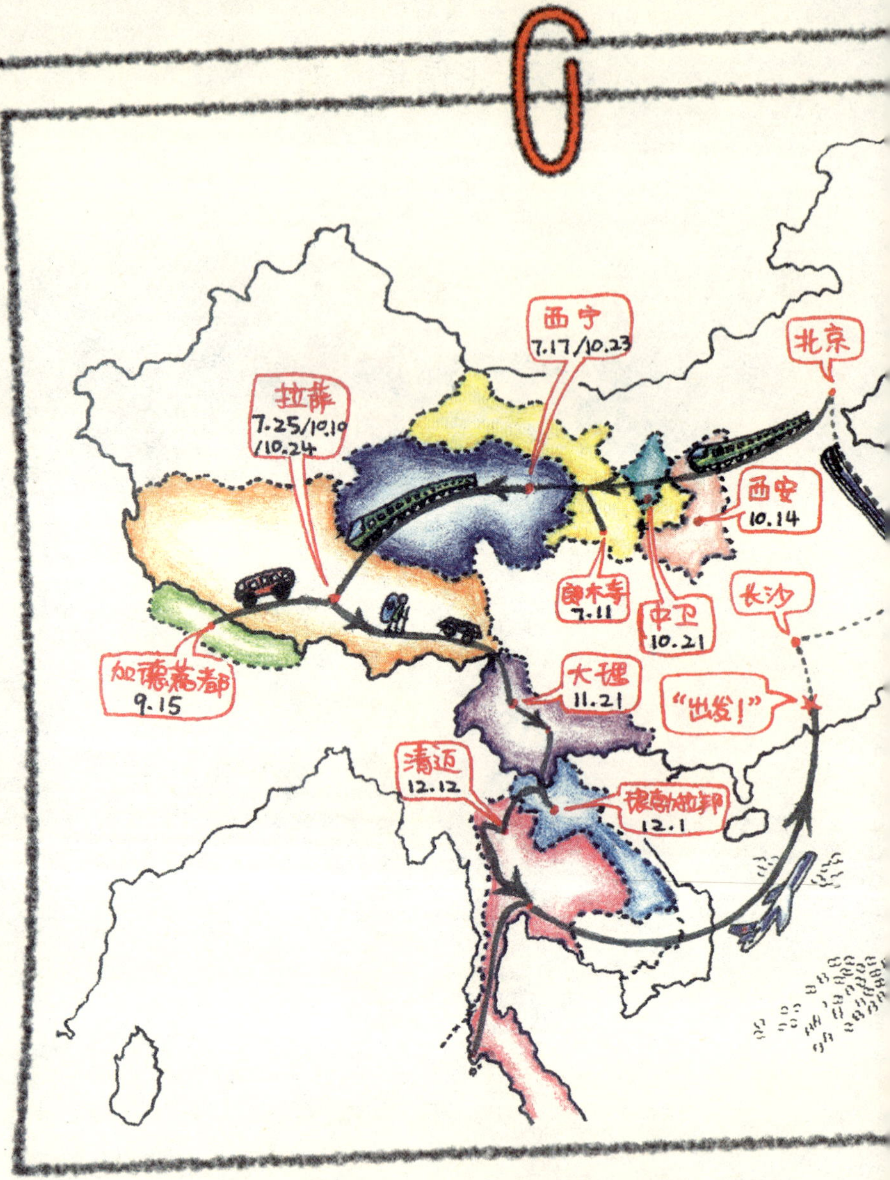
西宁
7.17/10.23
北京
拉萨
7.25/10.10
/10.24
西安
10.14
郎木寺
7.11
中卫
10.21
长沙
加德满都
9.15
大理
11.21
“出发！”
清迈
12.12
琅勃拉邦
12.1

出走路线示意图

出走180天

那个春天，我终于完成我人生清单又一件事——辞职旅行。一个人，一个包，穷游半年多时间，直到把我 2 万存款花了个精光。虽然对于许多旅游牛人来说不算什么很厉害的事，但有一天我年事已高，回想起自己年轻时曾有过一次这样的冲动，大概也会觉得不枉青春。

当然，我并不鼓吹人人都去辞职旅行。中国的价值观里有太多束缚，要放弃多少，最后能得到多少，不同的人心里都有不一样的尺子。每个人都可以有自己的方式去看世界——对于旅行，最重要的，不是走了多远多久，而是最后能在心里留下什么吧。

写在长途旅行之前

不可忽视的安全问题

“出门在外，当然安全第一。”

- 买保险！请一定记得买保险；
- 可以的话还是尽量不要一个人，有个照应也更安心；
- 如果一个人的话（其实我还是挺 Enjoy 一个人的，因为够自在），请一定小心，并尽量和家人、朋友保持联系；
- 随身携带救生卡之类的东西，写上你的个人信息，如血型和紧急联系号码等，以防万一。

关于女性旅行

现在有越来越多的女性选择一个人旅行了，这的确是一个让自己独立、增加见识和自我提升的好机会。不过，对于女性来说，独自旅行可能会稍微比男性麻烦点，不过，一旦下了决心还是大胆的走吧，这一切没有想象的那么难。

1. 关于艳遇

这算是一个很热门的话题吧！如果你热衷于此，这一条请自动略过；否则，一路上不要随便和不熟悉的男性单独结伴行走。在对付性骚扰方面（在国外比较多），我的做法是暗示或明示自己有男朋友或者已婚（在无名指戴个戒指也是个不错的方法）。

2. 安全问题

当遇到前来搭讪的男子，请记得一定不要说自己是一个人旅行，这样太不安全了！虽然这个世界还是好人多，但还是谨慎为妙哦！至于那种深夜乱跑、和陌生人泡吧等行为，危险指数大家都懂的。

3. 搭顺风车

我觉得我算大胆的了，在西藏很多地方都搭过顺风车。但是，虽然我一路上遇到的人都很友善，也没办法保证搭车是 100% 安全的哦。如果要搭车，最好能找人结伴同行，不然还是坐班车吧！

在路上的心得

经常有人问我，哎，我想去旅行，有什么推荐吗？有什么攻略吗？其实遇到这样的问题还真是头疼，完全不知道从何答起。其实一个人对于旅行那份未知的忐忑我很理解，不过很多时候，这些在到达目的地以后，就会渐渐烟消云散了。

其实，与其说一堆网上都可以搜到的关于目的地的攻略，不如分享一些通用的法则呢！

·怎样找旅馆

如果是短途旅行，事先在网上看看大家推荐的旅馆当然是个好办法，但如果长途旅行就不一定有那么方便了。如果没时间去找推荐，最简单的办法是直奔当地的国际青年旅舍，好歹管理规范，驴友扎堆，对于一个人旅行来说再好不过。不过(尤其是在国外)，很多地方有着类似“游客区”一样的地方，那里总是有各种各样的旅馆、餐厅和旅行服务，所以只要进入那个区域，压根不用怕找不到住的地方。尼泊尔加德满都的泰米尔区、泰国曼谷的考山路和中国丽江的大研古镇都算这样的地方。

·穷游起来

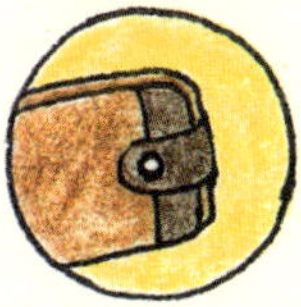

穷游的目的在于，花更少的钱，走更多的路。基本核心就是一个“省”字。一般级别的穷游也许是住按床位收费的廉价旅馆（其实许多条件也不错哦），坐本地的巴士（拒绝旅游大巴和TAXI），去当地人的餐馆用餐。更高级的穷游也许就是“沙发客+搭车”旅行了。对我而言，这种旅行方式不但省钱，而且可以更好地融入当地文化，来一次更彻底的旅行。不过有时候穷游太久，也可以偶尔小小挥霍一下。

·独自行走

做一个独行侠，我觉得最重要的是——方向感。也许因为不喜欢问路，一般我都是“一个指南针+一张地图”，自己出门，一顿晃荡。当然，一本靠得住的旅行指南也很必要，鼎鼎有名的旅行圣经《Lonely Planet》（简称LP）是个好帮手，不过因为信息容易过期，有的内容不可尽信——特别是里面关于价位的描述。

·做个受欢迎的旅行者

有的人旅行扛着单反，不断猎奇，把沿途见闻收入镜头，作为日后的谈资；有的人旅行只为星级酒店，尽享奢华，血拼狂购，回国穿出一身限量版；有的人旅行远行万里，走马观花，收获不多，只为回来足够吹嘘一番……对于旅行，每个人的

态度或许不同，但都无论如何，都应当注意自己的言行，至少不要让中国人变成国际上的“旅游业杀手”才好。

比如学会尊重。在藏区，有人怀着猎奇之心去看天葬，有人拿着炮头般的单反对着藏族人狂拍，丝毫不理会他人的感受，当我看到的时候简直觉得气愤。至于疯狂挥霍、乱扔垃圾、随地吐痰……有时候我只是觉得出行在外可以理性一点，礼貌一点。

在这本书里，我尝试着把许多地方的风俗习惯和文化禁忌简要地画出来，希望可以为将要去到那个地方的人做一些参考吧。

旅行用品私人集合录

旅行出门要带些什么呢？这些可都是我通过亲身实践过后筛选出来的东西，而且附上了很多心得哦！不过需要注意的是：

- 这可是我走半年路程带的东西，如果不走这么久这么远，要带的用品需要酌情减少；
- 阿拉蕾的私人小玩意属于个人物品，请忽略；
- 如果去的地方不一样，可能要带的东西也会有所不同哦！

旅行用品集合！

1 背负不错的大背包

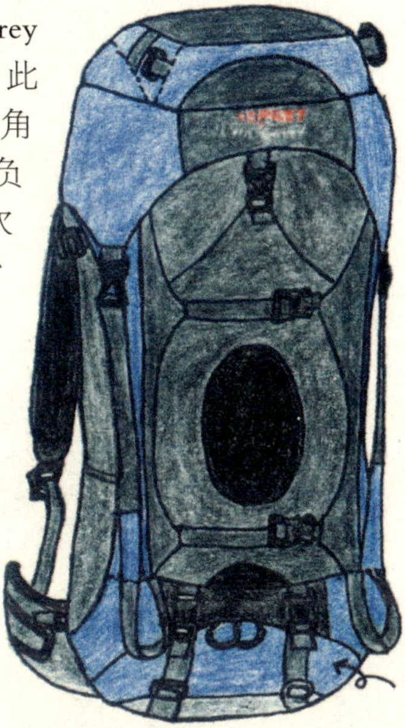

我的65L Osprey大背包，是此行最重要的角色。因为背负很舒服，有次我背了至少10KG的东西在西藏走了5公里多的山路，也没有觉得太辛苦！

有睡袋仓，拿取物品也很方便！

2 日常用的小背包

当平时外出逛街或是参加2～3天短途旅行的时候，大背包可能太过夸张，那么这样的小型背包就派上用场啦。

装包技巧：

好的装包也十分重要，一般来说，重的东西放上面和靠近背部的地方，轻的东西放下面，真的可以省力不少哦！

阿拉蕾♥手工！

3 DIY 多层拉链小挎包

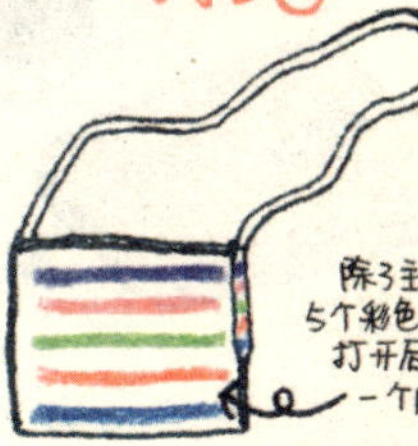

纯手工缝制的小挎包：有6个夹层，在背大包的时候，小挎包可以放置护照、零钱等东西，免去临时从大背包拿取东西的麻烦。

除了主口袋，5个彩色拉链打开后各有一个隔层！

4 各种证件·银行卡·现金

证件及证件照（办签证、尼泊尔延期门票等用途）

银行卡（在东南亚有些国家有银联 ATM 可以人民币取现）

现金不要带太多在身上哦

如果有学生证可以有门票优惠

可以带点身份证 & 护照的复印件

5 DIY贴身腰包

手缝纯棉腰包，轻薄小巧，即使贴身戴着也很舒服，可以放置大额现金，出行防盗利器（不过似乎一路下来都挺安全的）！

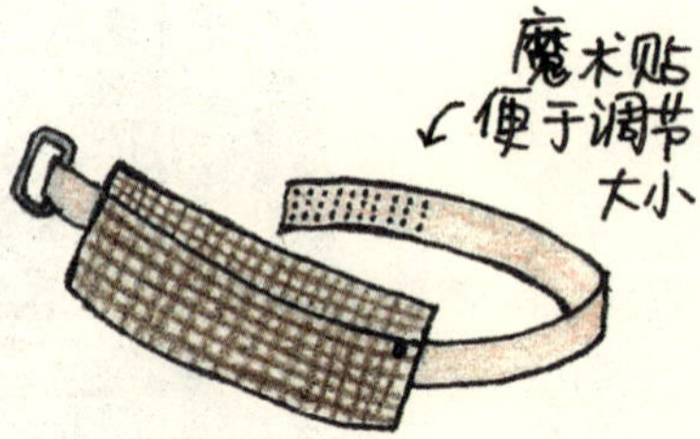

6 电子产品什么的……

相机 其实长途旅行真的没必要扛个单反，太大太重，不如带个优质的数码相机来得实在

手机 有 wifi 就可以解决出国后的联络问题（国外许多地方 wifi 还是挺普遍的），当然也利于即时分享、查找信息等

移动硬盘 如果出行太久，又担心联网不方便的可以备一个，不然也不是很必要

其他 读卡器、移动电源、笔记本、iPad 等，视个人喜好而定

7 户外小用品

防脏睡袋　如果不露营，带个这样薄薄的睡袋就好，收纳后不到手掌大小，住旅店觉得不干净时非常有用

指南针　仅对有方向感的人有效。配一张地图就可以随心所欲逛城市啦

头灯　在露营或者不发达地区的山村用得着

瑞士军刀　一般来说只有水果刀和指甲刀两个比较有用，而且是长途旅行时

登山杖　如果有重要的徒步可以带上

8 穿&戴

长裤和秋裤（秋冬&藏区）/短裤和短裙（夏天&炎热地区）

Underwear（不建议一次性的，哪怕是短途旅行）/泳衣（如果去海边或泡温泉）

徒步鞋（如果有徒步，对鞋子的要求会很高）/帆布鞋（一直穿沉重的徒步鞋有点夸张吧）/轻便的拖鞋

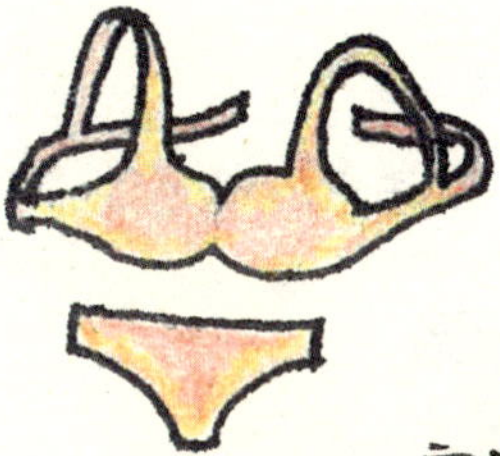

冲锋衣&抓绒衣两件套/薄外套/睡衣/毛衣和保暖内衣（秋冬&藏区）/T恤（夏天&炎热地区）

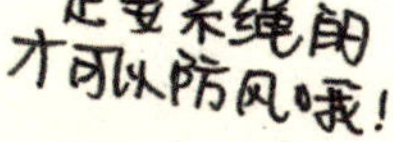

带防晒的帽子/多用头巾（真的很多用！）/墨镜/打开后可以当披肩的围巾（颜色鲜艳的话拿来当拍照的道具也很好）/保暖帽（秋冬&藏区）

最好有个大点的化妆包来收纳

9 日用品

- 毛巾（不怕重的就带个吹风机吧）
- 清洁用品（洗发水沐浴露什么的，不过完全可以到时候再买）
- 护肤品（在藏区保湿很重要）
- 防晒用品（在藏区即使阴天紫外线都会很强烈）

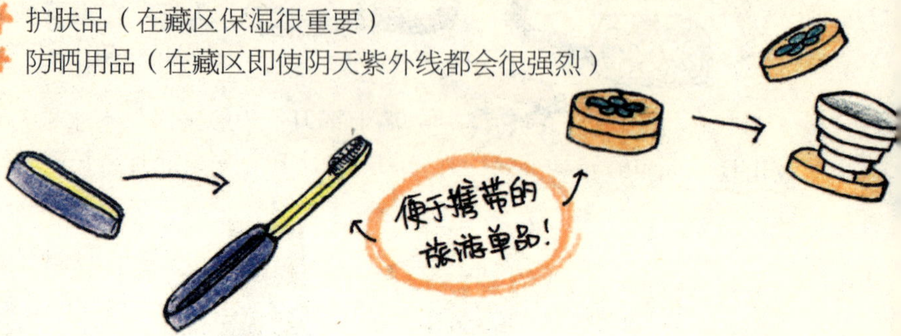

旅行三宝

眼罩 （“三宝”中最有用的。对于住多人间、在车上会睡觉的“光敏感”人士绝对必备）

充气枕 （坐大巴时还算有用）

3M 耳塞 （住多人间的时候，怕吵的人可以备一副）

晾衣绳 & 夹子

我找的手工用的粗麻绳和彩色木夹，对于旅行时晾衣服省掉了很多麻烦，除非你打算每次都去洗衣店洗衣

镜子 / 梳子 / 防晒遮雨的折叠伞 / 便携针线包（偶尔有用，可忽略）

药品类

维他命 / 防蚊水 / 正露丸 / 老虎膏 / 牛黄解毒片（看个人所需啦）

“环保套装”
密封性好的水杯 / 便携的筷子，环保卫生！

带拉链的透明胶袋（超市就可以买到，方便收纳诸如湿毛巾等东西）

DIY 水玉束口收纳袋组（自制的不同尺寸的棉布收纳袋，便于各种不同大小物品的分类收纳）

10 乱78糟的 的杂货

本子 & 笔 虽然现在有手机和各种 APP，但总觉得用纸笔随手记录一些东西还是更加方便！

收纳小能手
将杂货一网打尽！

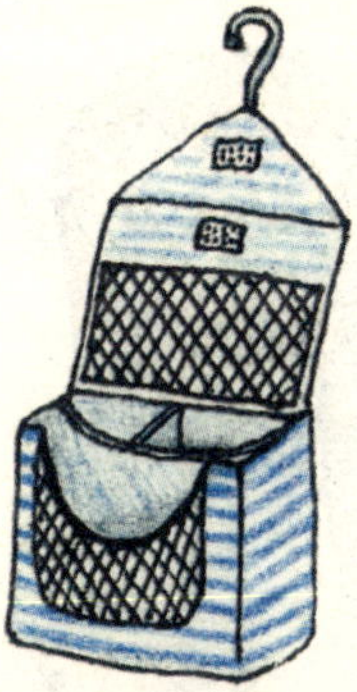

可以装很多东西的化妆包（使用时用上面的挂钩挂起更方便；多个隔层，分类收纳；防水布料，相当实用！）

11 阿拉蕾の私人小玩意

- 18 色水溶性彩色铅笔
- Muji 多合一彩色圆珠笔
- 黑色水性笔 & 油性记号笔
  自动铅笔
- 涂改液 & 橡皮 & 手工刀
- 可以写了当名片送给人的涂鸦
  便签本
- 可以盖出我的头像的印章
- 当然还有空白素描本！

- 因为一路走的地方不算少，所以给阿卡带了许多不一样的衣服，也是纯手做的哦！

- 夏天的连衣裙 ×2 件
- 秋冬的连帽呢大衣
- 百搭灰色牛仔裤
- 夏秋的基本款小皮鞋 & 秋冬高帮粉色小皮靴
- 温暖的红色针织围巾 & 针织帽
- 粉色斜跨小皮包

西藏
尼泊尔
滇藏线

尼泊尔

西藏

泰国

老挝

Contents

目录

青海

甘南

当你决定出发，
那么旅途中最困难的部分已经解决了，
所以——

出发吧！

甘

GANNAN

南

毋庸置疑，西藏的风头是盖过甘南的，所以甘南也只能以“小西藏”的名号为自己敛集了一些知名度。其实在去到这个地方之前，我挺不喜欢那种借他人光芒为自己发亮的做法，所以这样的别称，无法让我认同。

直到我真正到过那个地方。似乎的确如此——如果去不了遥远的西藏，这里的确是最能收获西藏的地方。“离汉人最近的藏地”，有人这么说。无论从风景还是宗教，都能给予人最相似的撼动。

我简直要写封感谢信给自己，把这样一个地方设为我这段旅行的开始。无论是《天下无贼》曾取景的夏河，还是我爱到骨子里的郎木寺，都在最合适的时间，以最动人的风景，给我的旅途一个最惊艳的开始。

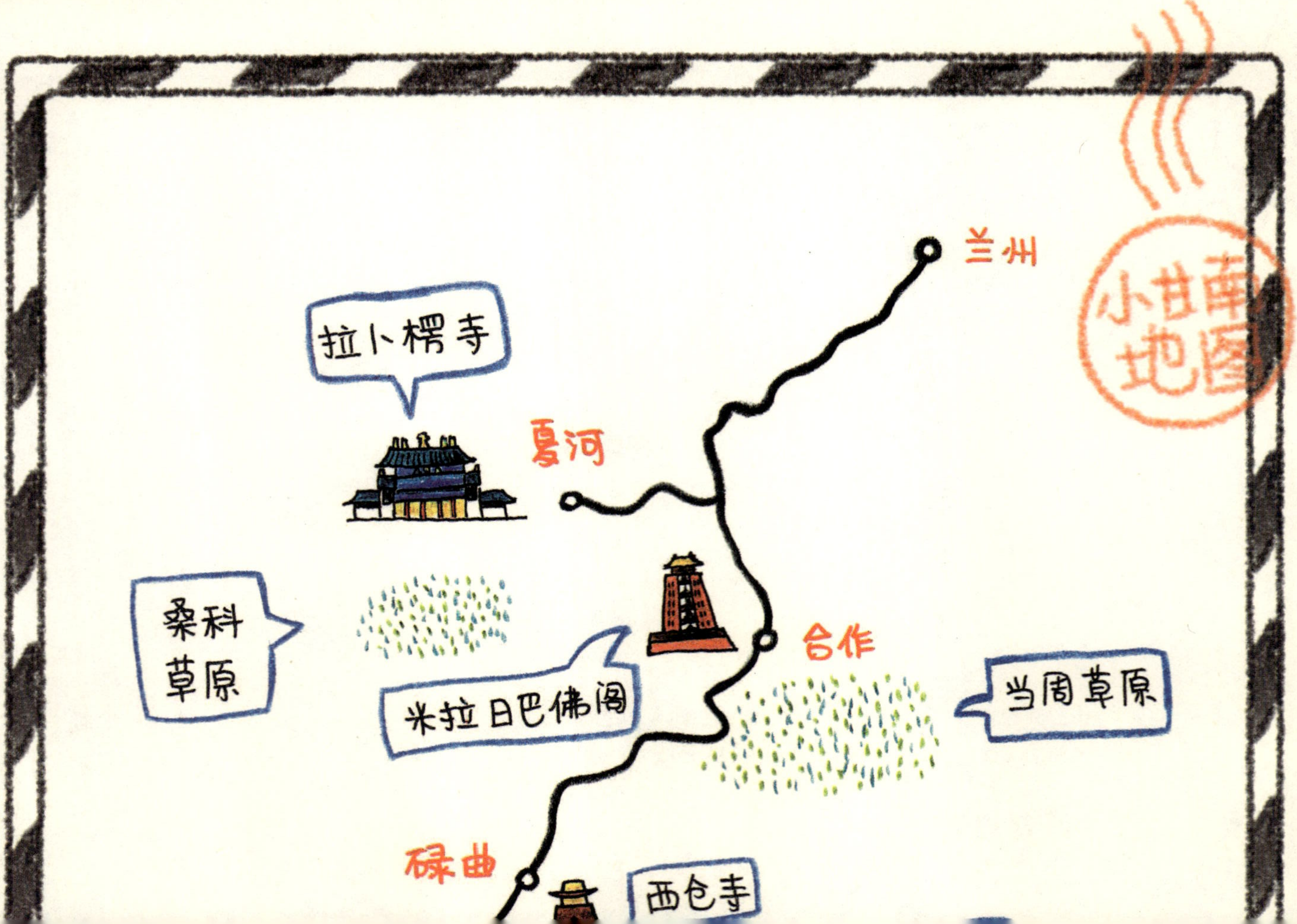
小甘南地图
兰州
拉卜楞寺
夏河
桑科草原
米拉日巴佛阁
合作
当周草原
碌曲
西仓寺

尕海
郎木寺
红星
花湖
尕海鸟类保护区
若尔盖
湿地草原
若尔盖
黄河九曲
第一弯
唐克

信仰，被拉卜楞寺唤醒

>>>> 大夏河，很玲珑 <<<<

大概中午到的夏河。这真的是个很迷你的小镇啊，当然，随着走的路越来越多，我会发现我经过的小镇都很迷你。

照我的理解，夏河大致是这样的：

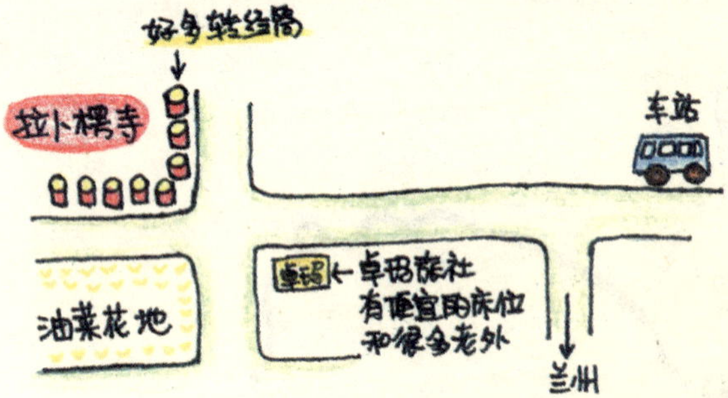

从夏河开始，确切地说，从兰州南站开始，就已经可以感觉到，甘南是很讨老外喜欢的地方。因为这一路上遇见的老外游客居然比中国人还多！经证实，甘南的确是一个很棒的地方，兼具人文、风景，旅游开发也恰到好处，的确不负“小西藏”的盛名。

一路好多次，都遇到了这几个“鬼佬”：

>>>>> 拉卜楞，以神圣之名 <<<<<

中午随便吃了点东西，准备趁着大好时光出去闲晃一圈，至于目的地，当然是来时就看到的那一排长长的转经筒了。好笑的是，本来以为拉卜楞寺很大很远，打算等明天再去，结果居然发现那一圈转经筒就是拉卜楞寺的开始……

与其说是误打误撞才去到拉卜楞寺，我还是宁愿相信这是缘分。然后我在这条路上就开始了长长的转经路。拉卜楞寺是藏传佛教的寺庙，所以，来这里参观还是需要遵守一些相关的基本规矩的。

进寺庙的时候，要左脚先跨进去；

出寺庙的时候，要右脚先跨出来。

最重要的是，出入的时候，脚千万不要踩在门槛上！！

进佛殿请一定记得摘下帽子，而且在佛殿内是不可以拍照的哦！

一般来说，转经和参观的顺序都要沿顺时针方向。但是在苯教（西藏最原始的宗教）流行的阿里等地区则多为逆时针。不清楚的时候就看别人怎么转吧！

转经筒上那些精致的图纹，让我渐渐相信艺术都在民间了。

了解完大概规矩后，就整装出发吧！这段小旅行将从转经筒开始。

转经筒很多很多，转经路很长很长，没走多远，手居然因为推动经筒的缘故，开始有些酸了。这一圈走下来，原来也挺累啊，更何况这里勉强也算个小高原了。从甘南到青海，从西藏到四川，一路总能看到无数的藏民。他们转寺庙，转山，转湖，去拉萨朝圣，究竟是一种怎样的信念支撑他们走下去的呢？那种五体投地，三步一跪九步一叩首的虔诚，一方面我很费解，但另一方面，我也很理解。也许，这就是信仰。

像每个藏传佛教的寺庙一样，拉卜楞寺并非只有一个或几个佛殿，而是很多个散乱分布的佛殿、佛教学院等的总和。这里很大，不知道是因为海拔相对较高的缘故，还是我长期缺乏运动，走起来总是很慢很慢。如果要细细看完，一个下午肯定是少不了的。

在转经的时候，总可以看见经筒下有许多陶土做的小玩意，有的拳头大，有的指头小，有锥形，有扁形，上面都雕着小佛。问了才知道，这个叫擦擦，也是拿来拜的。

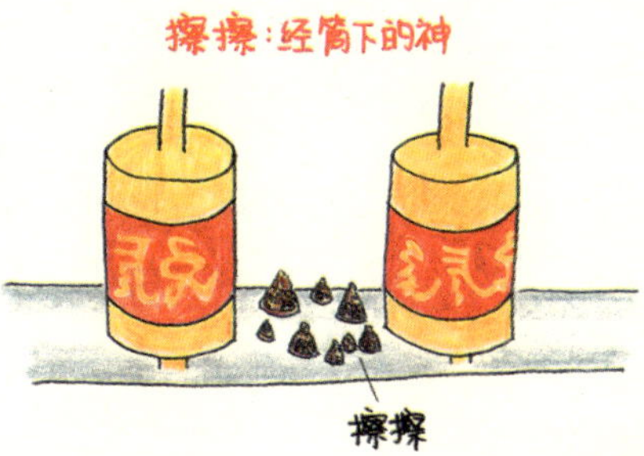

似乎很多佛殿今天都关门了，所以能真正进去的也不是很多。这一路我的游览路线是这样的：

拉卜楞德哇仓文殊佛殿→拉卜楞准噶尔堪布释迦牟尼佛殿→喜金刚学院→弥勒佛殿→时轮学院

主殿当然也是非去不可的。在这个也许是拉卜楞寺最大的佛殿前，当年刘若英曾经很虔诚地磕下一个长头——虽然那只是《天下无贼》的场景，也很能触动人。很遗憾我到的那天它关门了，所以我也就没有磕下长头。下个月，我要在西藏补回来，虔诚的。

晚上在客栈平台看到纯净的星空。虽然没有银河，但也美得像一首歌。晚安，夏河，晚安，拉卜楞。

两座郎木寺，一个小瑞士

180 天以后，当人们问起我的旅行，问我去过的这些地方里，我最爱的是哪里，我可以肯定的是，郎木寺是其中一个。虽然我在这里只待了短短几天，但我爱它胜过很多我停留了更久的地方。

>>>> 我爱郎木寺。<<<<

第一次听到郎木寺，是在磨房的论坛上的一篇游记，介绍说这里有着东方小瑞士的称号，是西方背包客青睐的旅游胜地，里面一张仿若“大地初开”的照片让我决心要一睹这个地方的真容。虽然后来我没有看到如照片中那般神圣空灵的景象，但我依旧爱上了这个地方。

郎木寺是甘肃和四川交界的小镇，小到几乎只有一条街，几家餐厅，但已足够我发呆；两座寺庙，包容了巴蜀山水和西部高山两种风情，也包容了不同的民族和不同国家的游客……在这里的短短几天，实在为我的旅行留下太多美好的记忆！

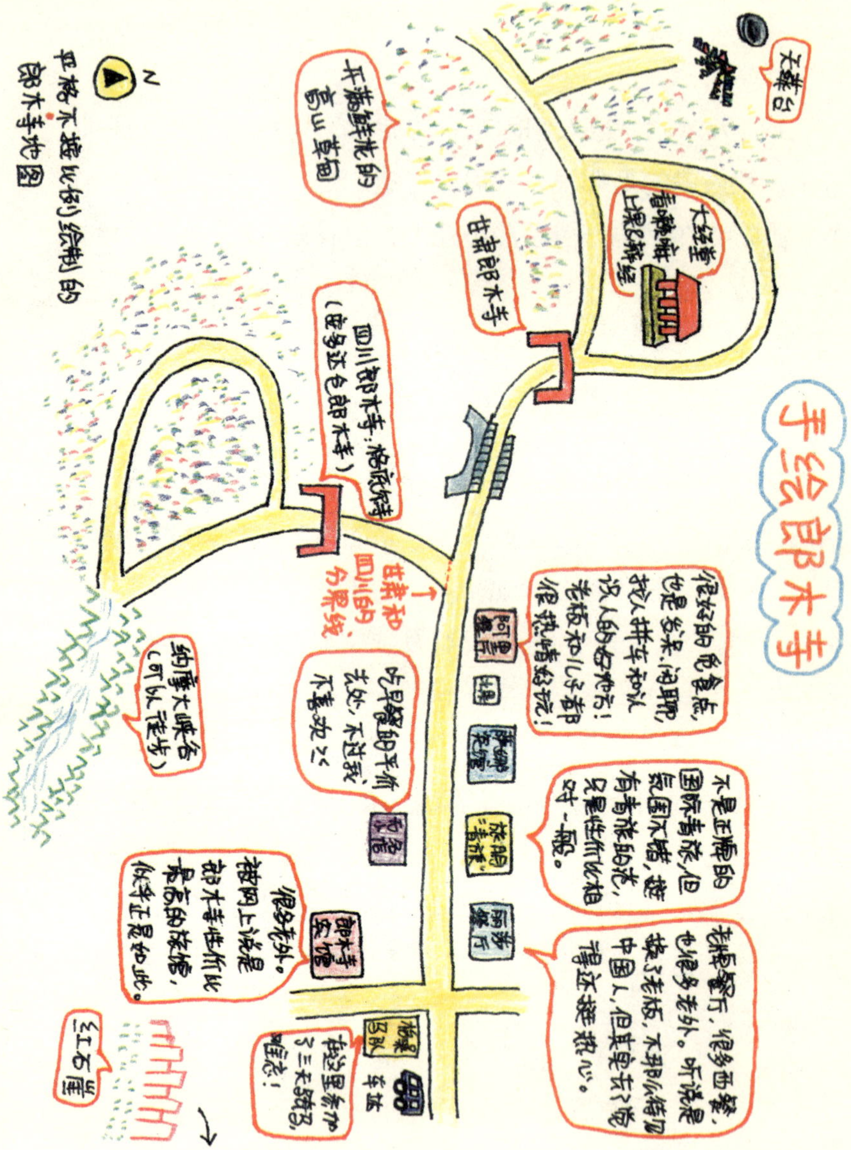
手绘郎木寺
天葬台
开满鲜花的高山草甸
大经堂
甘肃郎木寺
四川郎木寺：格尔底寺
(色多达仓郎木寺)
甘肃和四川的分界线
纳摩大峡谷
(可以徒步)
红石崖
车站

郎木寺手绘地图

>>>>> 四川郎木寺，很巴适 <<<<<

郎木寺有两个郎木寺——我是说，在郎木寺镇，有两个寺庙，分别座落在四川和甘肃境内，两两相望。有人说四川那个叫格底尔寺，甘肃的叫安多达仓郎木寺，但从门票上看来，四川郎木寺才叫安多达仓郎木寺，而甘肃的直接就是郎木寺，太混乱啦！所以我觉得，还是把它们叫“四川郎木寺”和“甘肃郎木寺”好了……

去四川郎木寺的那天，很失望地发现很多地方都关门了，后来才知道，原来因为周日休息。原来寺庙周末也要放假的啊，怪不得昨天在拉卜楞寺连主殿都关门呢……

贴士

虽然算是旅游点，但许多寺庙在周末会关门休息哦，所以如果要参观寺庙，最好事先问清楚，以免买了门票却扑了个空

不过看不到寺庙，看风景也是不错的。四川郎木寺在一个不算高的小山坡，遇到了合适的季节，这里有绿色的草甸、黄色的小花、安静的喇嘛，还有离

我很近很近的蓝天白云。其实，在这里什么也不做，哪里也不去，我也可以坐上很久很久。

在草地玩的时候遇见一群喇嘛，其中一个大概不会说普通话，对着我说起藏语，可是我一点都听不懂嘛，最后比划了半天才猜出来是“你好”。因为他是这么比划的：

哈哈，这是继“扎西德勒”之后我学会的第二句藏语啦！后来有人告诉我，“qiu demong”也是“你好”的意思。

往里面走，是一片很大的草地，再往里就是溪流和峡谷。这里有山有水，有石有草，有溪流，有山洞，葱葱郁郁很有巴蜀风味。听这里的人说，这里之所以叫郎木寺，是因为有个仙女洞，而“郎木”在藏语中就是“仙女”的意思。在山洞的附近，我看到了写着也许是六字真言的石板，后来才知道这叫玛尼石刻。

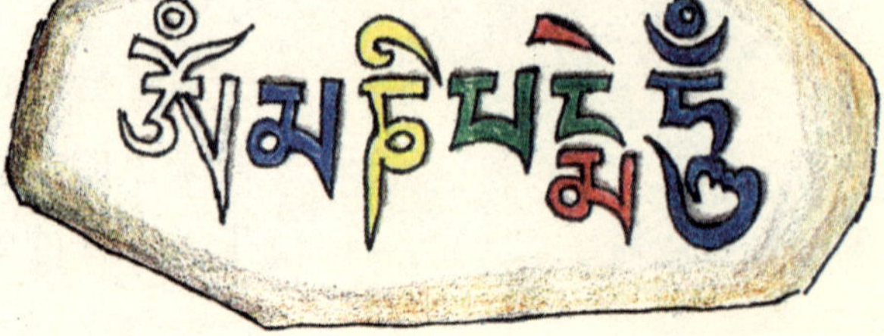

》》》甘肃郎木寺，走进生与死《《《

和四川的郎木寺比起来，甘肃郎木寺海拔更高，高山草甸也更为辽阔。我一直很奇怪，这两个寺庙相隔这么近，怎么景色的风格会差这么远呢？当初给甘肃和四川划定界限的人，一定是对这里的地形和风景详加考察才划出这条线的吧！

甘肃郎木寺地图

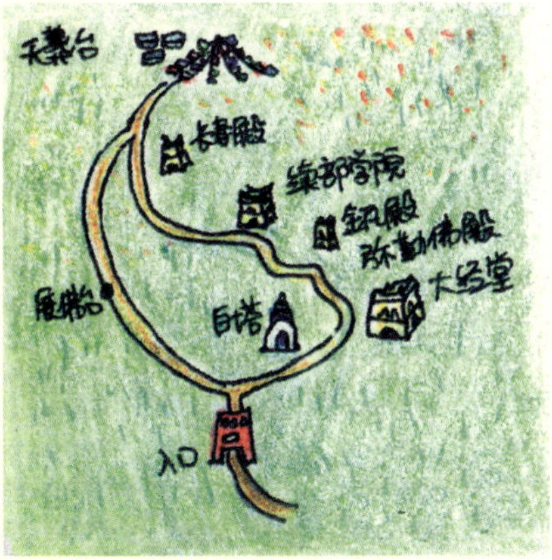

甘肃郎木寺是有一个天葬台的。听说有天葬仪式的时候，交 10 块钱就可以参观，这吸引了无数前来猎奇的汉人。只是，我总是觉得，单纯怀着好奇心前去“参观”一个与己无关的陌生人的葬礼，是一件有点无礼的事。所以我只是在午后去甘肃郎木寺的时候，上山看了一眼那个地方。

天葬台就在山上一片不起眼的空地。地面摆了些有点内凹的石块，人骨就是在这个小小的坑里捣碎，然后和着糌粑，让鹰等鸟类吃掉。在附近我也的确有看到一些很大的鸟毛、斧头，还有……头骨！突然想起听说的关于天葬的事，似乎死去的人要被吃的干干净净才能上天堂，希望这一位死者的灵魂，也可以去到天堂吧。

贴士

关于天葬：

藏族人死后，依社会地位等的不同，会采用不同葬法，而天葬是最常见的丧葬方式。在人死后，会邀请鹰啄食尸体，因为藏人认为鹰是神鸟，尸体被鹰吃了，灵魂就可以升往天界。

下山之后，看寺庙，听佛乐，发发呆，时间就那么凝固了，我巴不得它永远静止下来。从应有尽有的大城市到物资匮乏的小镇，才发现自己是这么容易满足。

傍晚在大经堂有辩经看，于是我就去那里开始了漫长的等待——从 6 点半随着一声钟响开始，喇嘛们陆陆续续在大经堂里坐下，年长的喇嘛在对面开始上课。等啊等，等到扛着三脚架的游客都渐渐散去，等到连上课的小喇嘛都开始“开小差”，一直等到 8 点半天色渐黑，才等到他们下课，然后辩经终于开始了！

今天我看到的是辩经中的“对辩”。

贴士

辩经是藏传佛教中的一种辩论形式。在“对辩”中，问的人向回答的一方提问，探讨经文中不懂的地方。由于动作幅度较大，看起来好像在吵架呀！

川北的夏暖花开

郎木寺在甘肃和四川的交界处，所以很多人到这里也会顺便去一圈川北。我是花了一天时间和人一起包车去的，颇有旅游观光的感觉，但总算风景不差。

>>>> 花湖：天空的湖，湖的天空 <<<<

花湖离郎木寺不过一个小时的车程，从景区坐电瓶车进去，有长长的木栈道通往花湖。听说这里的花期很短很短，所以很难看到传说中的花，但也有人说，花湖本来就看不到花，所谓的花都是在湖底看不到的地方。不管那个才是正解，总之，我所看到的的确只有两边草原上的野花。

木栈道还是挺有感觉的，也许是出于保护花湖的原因，没有直接通向湖中央的栈道，所以，也只能和湖水保持着

距离欣赏了。似乎花湖最值得看的，就是这个看不到花的湖了。没有风的时候，湖面很宁静，可以很清晰地看见天空的倒影，天即是湖，湖即是天，这种湖天一色，让我想起了南美洲的“天堂之镜”。那个遥远的地方，如同世界尽头一样，与世隔绝，却令人神往。

若尔盖草原：来，拍张桌面吧

若尔盖湿地草原其实是从花湖开往若尔盖的公路两边的大片大片的草原，虽然是免费的，但却胜过花湖无数。那一望无际的，开满了（真的是开满了）各种野花的草原，有让人恨不得在这里不顾日晒躺上一整天的冲动！

我们在半路停下车来，后面紧跟着另一辆车也停了下来，一个大叔从车里走出来，说了一句表达了我们多数人心

情的话：“这么美的风景啊，我都要嚎啕大哭了！”有的风景的确是可以让人感动得流泪吧。

在这如同 Windows 桌面（同样来自那位大叔的描述），却胜过 Windows 桌面无数的草原中，我看到好多好多的花。颜色和形状各异，却和睦地生长在一起，为这片草原更添斑斓。

黄河九曲：哼一首歌等日落

中午在若尔盖吃的午饭。因为傍晚要在唐克的黄河九曲看日落，所以买了些零食带过去，以免到时肚子饿。停停走走，就到唐克了。

唐克拥有着黄河九曲的壮观风景。

黄河九曲第一弯就在若尔盖的唐克乡。相比花湖和若尔盖草原来说，这里有着如同立体乾坤图般的豪情万丈，或许

这就是黄河的魅力了吧，即使蜿蜒曲折，也要自有气魄。

看黄河九曲是要上山的，在最适合的地方，早已经聚集了不少等日落的人。这里绝对是一个谋杀菲林和电池的地方。只要用心，不怕拍不出绝美的照片。于是我也见识到了很多见所未见的专业相机。听说不少“色驴”为了拍到一张称心如意的好片，不惜一连好几天来等日落，对他们的执着我真是可以用“肃然起敬”来表达了。

8 点左右，等到日落，看完日落。随后月牙升起，天色变幻时，便知时光已去。

下山时分，看到颇有禅意的一幕。

今天，我是游牧民族

几年以后，面对车水马龙的石屎森林，我都会回想起，郎木寺那无边无际的草原。那里没有电、没有网络、没有自来水，但最纯粹的生活和漫山遍野的绚丽却为我保存下此行最珍贵的记忆。

>>>> 马背上的女侠 <<<<

在那个早晨，我进入了另一个世界。出发前，马队很负责地教了我们如何骑马。

我的坐骑是一匹超级无敌调皮的小白龙，一路给我制造惊险不断，但万幸的是，我始终好好地坐在马背上。马队的向导“财宝家”说，他当五年向导，还从没遇到马带着游客这么多次狂奔的，把他都吓坏了。不过财宝家还说，我骑马好厉害哟，居然小白龙几次撒野都没把我甩下来！如果在古代，我一定是个骑马闯荡江湖的女侠吧！

一起来学骑马

我的小白龙
“姆拉”

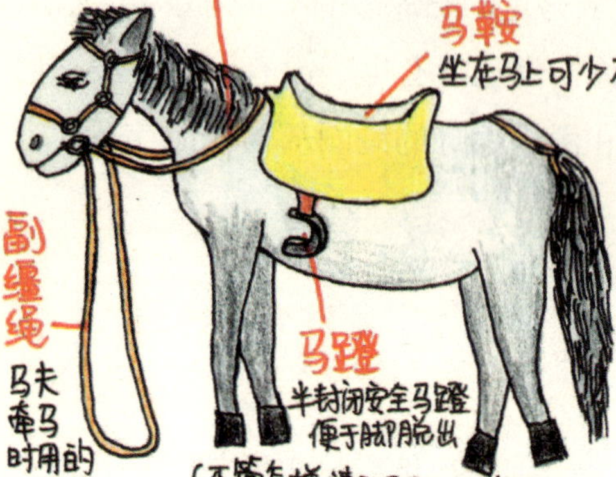

主缰绳 相当于开车的刹车+方向盘
绝对不能放手！

马鞍
坐在马上可少不了它哟！

副缰绳
马夫
牵马
时用的

马蹬
半封闭安全马蹬
便于脚脱出
（不管怎样，请只用脚尖踏马蹬！）

用缰绳控制马

- 向上，向后拉：
停止！
- 向左拉：
左转
- 向右拉：
右转

握缰绳的方法

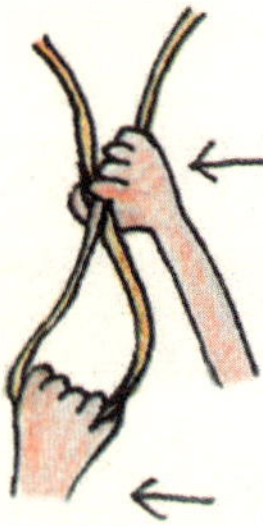

右手：像握麦克风一样抓住
一根缰绳，然后用食指
扣住另外一根缰绳，最
后用大拇指扣住食指

左手：扣准缰绳对折的中央点，抓住缰绳的剩余部分

骑马的方法

背、腰部放松，坐在马鞍上，
双手正确抓住缰绳

- 让马行走
脚踏马蹬，用力踢马肚子
（虽说马肚子大，要用力踢它才感受得到，
还是担心它肚子疼啊！）
- 上坡
身体前倾，紧贴马头
- 下坡
身体后仰，踏住马蹬

只是，再帅气的女侠，在经过这样的骑马颠簸之后，也会被折腾得不行……在三天之后，我已经浑身酸痛不已，简直觉得自己像个动弹不得的机器人……

>>>>> 遇见 最美的风景 <<<<<

也许因为以前没有这么深层次地接触过原汁原味的游牧生活，没有骑马在大草原驰骋，没有亲手摇出酥油，没有见过和经历过他们真正的生活，所以，这一次的见闻真是让我大开眼界，也觉得无比新鲜和兴奋！

三天骑马的行程大概是这样的：

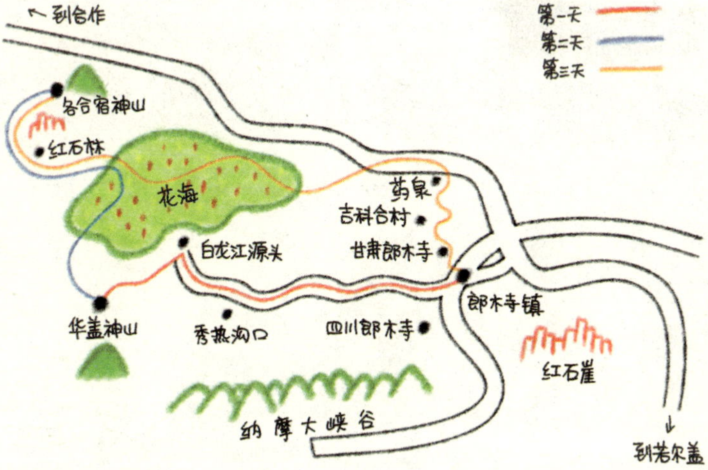

每天行走在永远看不到尽头的高山里，是我觉得最酷的事。这一片远离尘世的山野，把“广”字发挥到了极致，用重重山野把俗世拒于千里之外。几个骑马人的身影，如入无人之境一般，在广无边际的原野中驰骋，让我颇有一种闯荡天涯的感觉，实在太帅了！

渐渐的，我们一步步向山里越走越深，手机也很快就失去了信号。有时候我想，如果不小心掉了队，在这一片分不清东南西北，连路都没有的深山里，会不会迷路呢？晚上会不会被狼吃掉呢？……

杞人忧天的小念头很快就被美景淹没了。这一路我收获

的惊喜实在太多太多，在不断地翻山越岭之后，我终于到达了那一片足以俘虏每个女孩芳心的花海！

在这以前，鉴于许多“假大空”的景点命名，我对花海这个地方，虽然有所期待，但总猜这个名字有点言过其实，直到真正看见。

天！“花海”这短短两个字，怎足以概括这无限风光呢？那是一片比川北若尔盖草原还要壮阔无数倍的高山草甸，草丛间满满的都是花！那这一片花海到底有多辽阔呢？大概也许要这样说才明白——

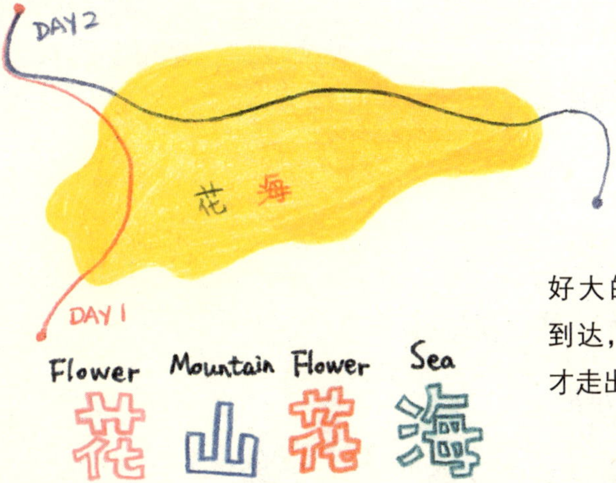

好大的花海：中午到达，第二天中午才走出……

花海很大很大，也许因为土质的原因，那些成片成片绽放的花，并不是延绵几十公里都是一种色彩，有黄色的花海，有白色的花海，也有彩色的花海……不过我最喜欢的还是那种成片的白色花海。雪球般成簇的花，细幼的茎，风吹过的时候，如星星般白色的光点在绿色的草丛中随风摇曳，真像一首小清新的歌。

财宝家说，他曾经带过一个台湾的游客，那个人经过这一片花海的时候，走了两天，就感动得哭了两天。虽然后来我和人说起，他们都觉得不真实，我却是相信的。人在醉人的风景中的确容易变得感性，更何况是从都市来的人。久在樊笼里，复得返自然。有时候让人流泪的，除了人和事，也可以是大自然吧。

一路上，看过太多太多的花——无论是从数量还是种类上。当万紫千红，便是童话。

各种不知名的小花

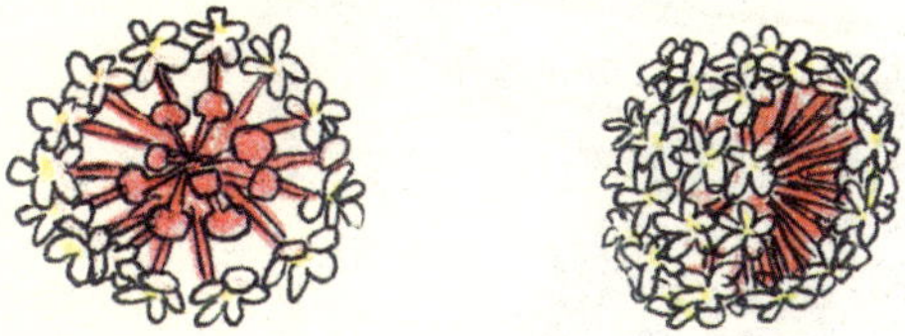

这个像绣球一样一簇簇的花，后来我才知道是鼎鼎有名的狼毒。听说到秋天，这遍野白色的狼毒就会变成大片火红色，十分艳丽！

>>>> 永远迁徙的游牧人 <<<<

你试过睡帐篷的时候，一整晚听着外面驱逐狼的狗叫声入睡吗？你试过清晨一起来就看见漫山遍野的牦牛和绵羊吗？你试过上厕所还要先淌过一条小河吗？你吃过用牛粪烧出来的菜吗？

在这次惊艳的旅行里，我体会到了好多好多个“第一次”。这种如游牧民族般的生活，虽只是一次短暂的体验，却让我记忆深刻。

关于游牧民族，从认识他们的家开始吧。

帐篷

这就是游牧民族起居的房间了。一般是几户几十户人成片居住，一对夫妻一个帐篷。室内都好简单，甚至地面都是湿漉漉的草地，需要铺一层塑料布才能坐下。

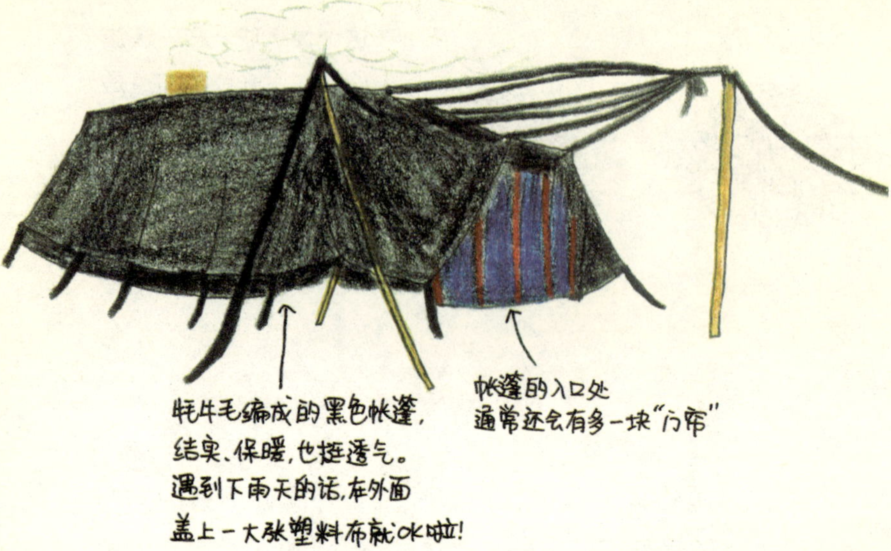

牛粪炉子

总是在屋里最中心位置的牛粪炉子，是一家人饮食的最重要角色。

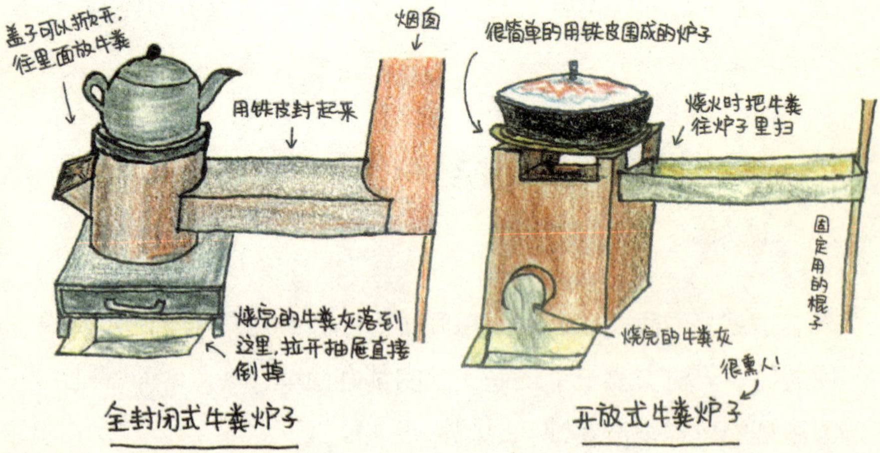

挤牦牛奶的小工具

做工精致的小工具，不但可以挂奶桶，系在腰上也挺好看。

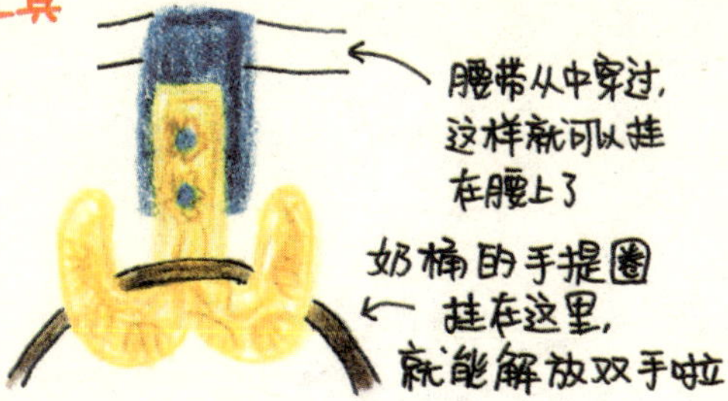

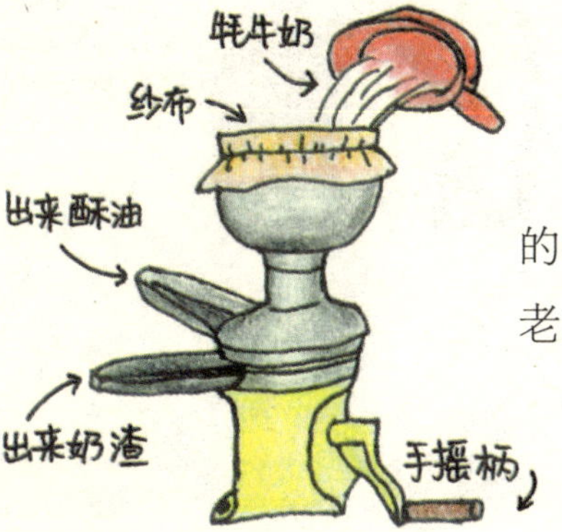

酥油离心机

后来在西藏也有见到筒状的打酥油的工具，应该是更古老的款式吧。

牦牛

未长大的小牦牛，总让我误以为是绵羊……

绵羊君

有喜羊羊、暖羊羊、懒羊羊、得意羊羊……

掷石器

藏人就是用这个来赶牛羊的哦！马队的资料上说这叫“碰”，但向导说这叫“乌拉度”，西藏的朋友又说这个叫“哦多”，方言的差别吧……

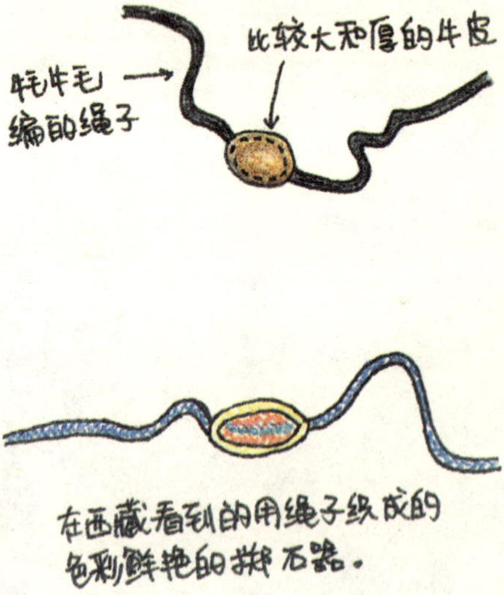

贴士

重要的提示：
因为藏人也这样来赶狗，所以在藏区遇到狗，弯腰捡石头是没用的，而是要拿个绳子在手里甩，有奇效哦！

听说藏族的女人是很辛苦的，起早贪黑，一直在忙，我想，做个游牧民族的藏族女人，大概更辛苦了。她们居无定所，一生漂泊，毕生都在迁徙中度过，但是，当我看见她们的笑容时，却觉得是那么纯真美丽。其实幸福和物质的关系真的不大，知足才最重要吧。这个道理，习惯与人比较的都市人，大概永远不理解。

糌粑

糌粑是藏族人民最基本的主食。出门劳动时，都会在腰间挂一个糌粑袋，把所有材料放在里面，边抓边吃。据说营养丰富，充饥御寒，秒杀压缩饼干哦！

和藏民的相处是温馨愉快的。虽然吃住简陋，但那份心意已让我有了十足的感动。为了让我们住得舒服，他们宁愿几个人挤一个帐篷；为了让我们吃到新鲜的菜，他们选择吃剩菜。其实我一点都不介意拥挤和吃剩菜呀！在出发之前，格桑马队曾再三叮嘱，为了保持这里的淳朴，不要以金钱物质影响他们，我深表赞同。在物质面前，淳朴这个最本真的东西，真的可以无比脆弱的。

最后一天的上午，离开此行最后一个藏民家，心中难免不舍。昨晚那个隔壁一直腼腆的小男孩居然突然就奔放了，主动凑上来和我合照，还摆出这个经典 POSE……

傍晚回到郎木寺镇。夜色渐临时，想起昨晚住的那个世外桃源之境，大概已炊烟袅袅。在此处，思起彼处。

青

QINGHAI

海

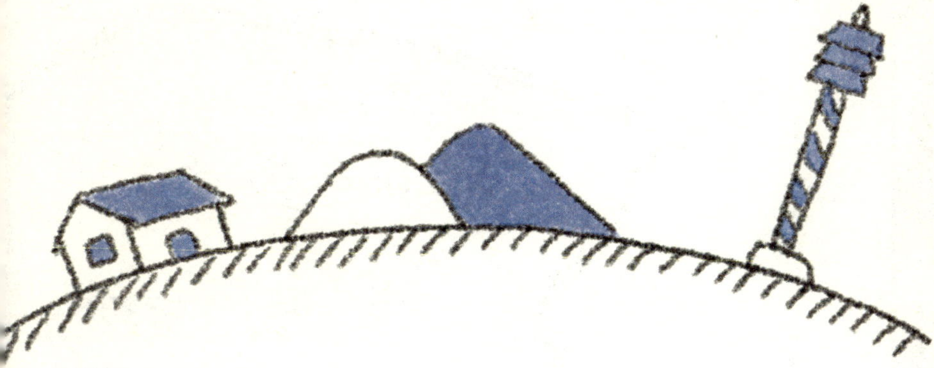

如果说青海可以只因一个地方闻名，那一定是青海湖了。中国 34 个省（级行区），单纯以景点命名的省份却少之又少。这也为途径青海的游人提供了一个非去青海湖不可的理由。

《中国国家地理》杂志在一次著名的选美比赛中，把青海湖选为中国最美的湖泊，紧跟其后的才是喀纳斯湖和纳木错，这无疑吸引了无数人前来一看究竟——毕竟，来这里比去喀纳斯和纳木错要容易得多。于是我也成了众多青海湖观光客中的一员，虽然对我来说，更重要的目的在于取道青海进藏，但无论如何，青海，我来了。

柴达木盆地
万丈盐桥
格尔木
可可西里
玉珠峰
昆仑山口
黄河源头
通天河
长江源头
澜沧江源头

青海地图
祁连山
门源
西宁
茶卡盐湖
青海湖
塔尔寺
黄河

三天环湖记

大概因为再有名的青海湖也阻止不了我对西藏的向往，所以青海只留住了我三天。跟着西宁国际青旅一群人的包车环湖记，大概是我对青海仅有的记忆。这一路轻松愉悦，也相当常规。此时此刻，我不敢自称背包客。

三天环湖路线：

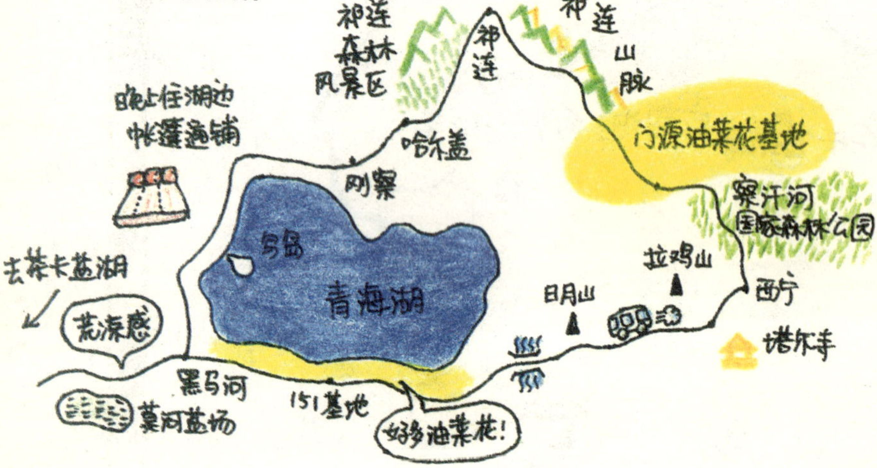

南无塔尔寺

塔尔寺是藏传佛教格鲁派的六大寺院之一，那里有好看的酥油花和大型的晒佛节。只是，再神圣的寺庙也敌不过来势汹涌的游人，于是原本应该安静下来细细品味的塔尔寺留给我的印象就变成——很多人、很多人、很多人……

但凡去过塔尔寺的人，必然会记住著名的“如来八塔”。因为对藏传佛教略有了解，我反而对此犯疑，照理说这里应该更偏向于单数的白塔才对。后来才知道，这八座塔代表的是释迦牟尼一生中的八大功德。

其实在许多地方都有这样的“如来八塔”，据说每座塔分别代表这样的意思：

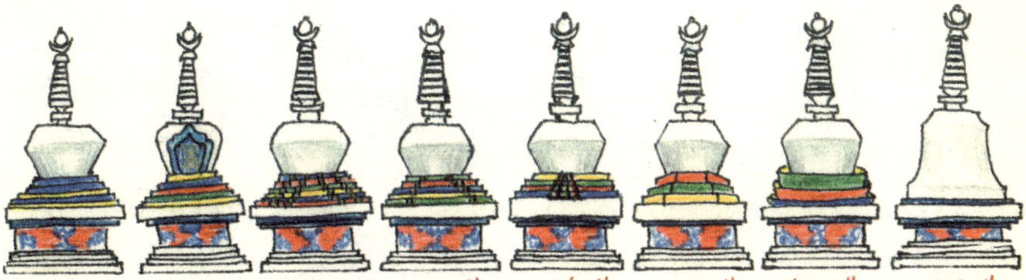

莲聚塔	菩提塔	吉祥门塔	神变塔	天降塔	和好塔	尊胜塔	涅槃塔
纪念释迦牟尼初生时，步行七步，步步生莲花	纪念释迦牟尼悟道成正觉	纪念释迦牟尼在鹿野苑初转法轮	纪念释迦牟尼佛于神变月降伏外道六本师	纪念世尊到三十三天报母恩而说法，后回人间的因缘	纪念释迦牟尼佛在曼迦达地方和合僧众	当年世尊接近涅槃时，修此塔并加持开光，以代表法身	纪念释迦牟尼佛在拘尸那伽的涅槃

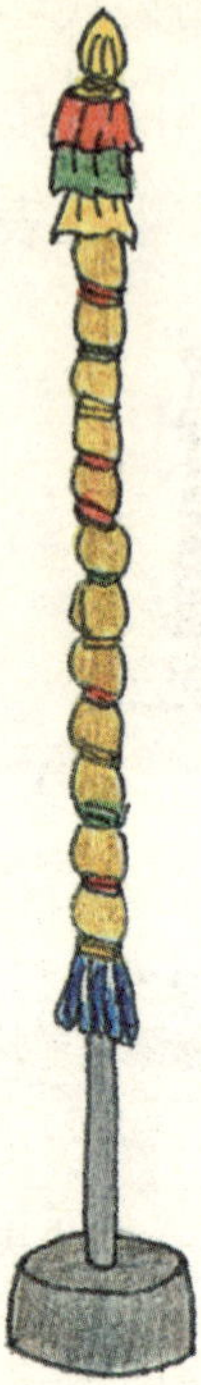

从八座宝塔往里走，塔尔寺的内部的布局似乎也很随意，经堂、学院、宫殿星罗棋布，有的佛殿门口会有高耸的柱子，上面有着五颜六色的经幡。蹭导游的时候听说这叫玛尼柱，有一根玛尼柱在门外的是重要的佛殿，两根玛尼柱在外面的则是佛学院。

然而最千姿百态的当然还是佛殿内部，比如各种酥油花、壁画，以及我在一个“密宗经院”看到一群服饰很不一样的人在念经。可惜佛殿内不能拍照，后来画的时候只记得一个大概……

传说密宗是藏传佛教里最神秘，最难修炼的一种，这让我很感兴趣！

塔尔寺有个很有名的“绝技”——酥油花。从名字就很容易猜到，这就是用酥油做成的花。当然，除了做花之外还可以做出许多不同的东西。酥油花形态各异，也相当精致，做法有点像小时候的捏泥人呢！

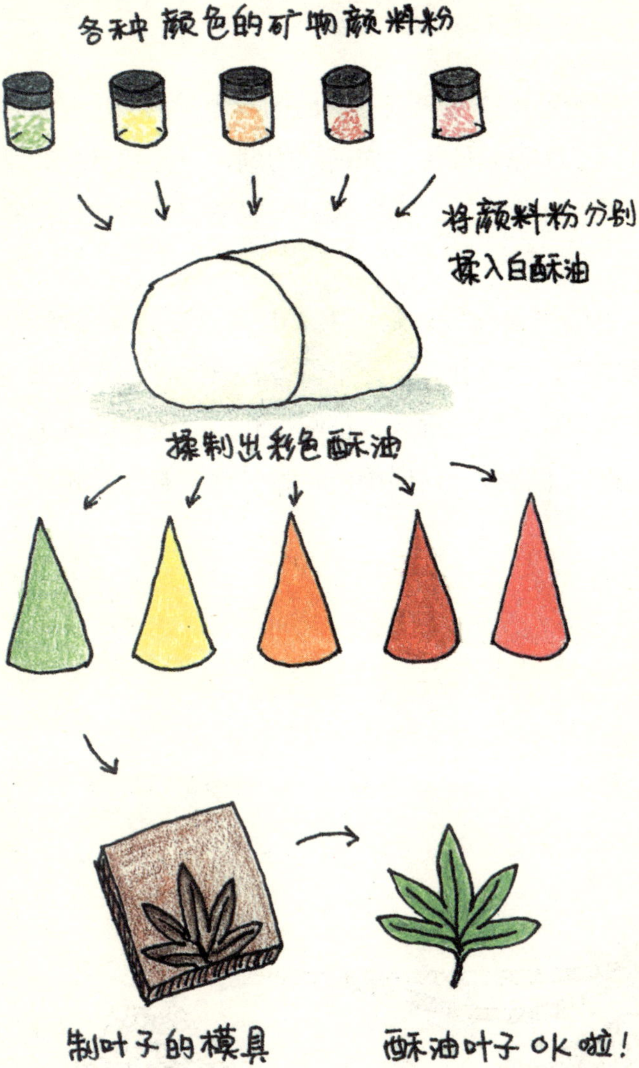

或许因为从拉卜楞寺来，往大昭寺去，这个虽算著名的塔尔寺并未撩动我的心。有时候，的确要讲究佛缘吧。接着，我们便上车，辞别这座寺，走向那片海。

>>>>> 青海湖打翻了调色盘 <<<<<

我曾经这样想象我在青海的一个早晨：在青海湖边醒过来，望见帐篷外像海一样辽阔的湖，一轮红日好像刚在海里洗过澡一样跳出来，赤红着身子照亮整个湖面和我的脸……

可惜想象终究只是想象。那唯一住在青海湖边的一次，面朝东方，油菜花开，万事俱备，只欠日出。太阳还是没有赏脸，灰蒙蒙的下雨天，都懒得开一个色彩的玩笑，当时心里简直恨不得掀开这层雨帘，看看背后的世界才好。

蓝天、白云，
碧海、黄花，
好丰富的配色！

因为第一天下午晴天的时候，我们在一个制高点往下看到的青海湖是多美呀！蓝天碧水，大片黄色的油菜花夹杂着青稞地……这样丰富的配色，会不会给梵高带来新的灵感呢？

在人力面前，大自然才是最无敌的灯光师。也许青海湖觉得，我看过一眼油菜花田旁最经典的青海湖就已经足够了，所以才不愿在日出时分露出真容吧。不过也好，留点遗憾下次再来——这句话简直可以作为每一次错过时机的金句了。

>>>>> 世界尽头的莫河盐场 <<<<<

如果要问我，我认为世界尽头是什么样子，我的脑子里浮现的一定是盐湖的画面。不管是只看过照片的茶卡盐湖，还是远在南美的乌尤尼盐沼，总给我一种分不出天与地，一片灰白茫茫的荒凉。

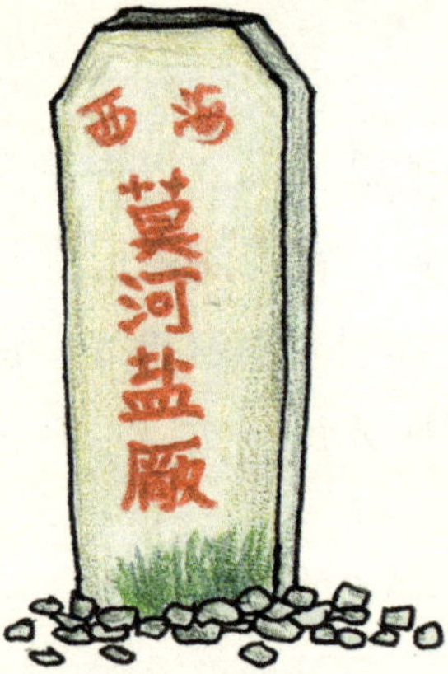

这次我们去的是不收门票的莫河盐场。但我猜这里和茶卡盐湖大概类似，只是一个免费，一个收费，以及茶卡盐湖有也许好玩也许不好玩的小火车吧。

大概和许多盐湖、盐场一样，除了天地一片灰白色，这里也没什么值得玩的地方。我总觉得这里有种穿越时空的错觉，让人有悲从中来的感觉。

我想，这种地方，倒挺适合失落的我一个人在这儿发发呆。只是到达目的地时，从车上一哄而下十来个人，破坏了这气氛。不知道为什么，有时候，我反而有种“越在人群中越孤单”的感觉。

>>>> 从祁连到门源：油菜花连绵 <<<<

我想，我果然遇到了观赏油菜花最好的时候——从门源数不尽的游客就可以看出这一点。好在青海够大，总算中和了过多的观光客，也就不至于大煞风景。

有些红屋顶的小屋子夹在油菜花田和青稞地，有种“田园风光”的感觉。反而当站在高处看山下的油菜花时，虽然壮观，却老觉得色彩单调。比较起来，我更喜欢青海湖畔那样配色丰富的油菜花地——我果然是个“好色之徒”啊！

平常人们总喜欢看大片大片的油菜花，其实近看油菜花是这样的。

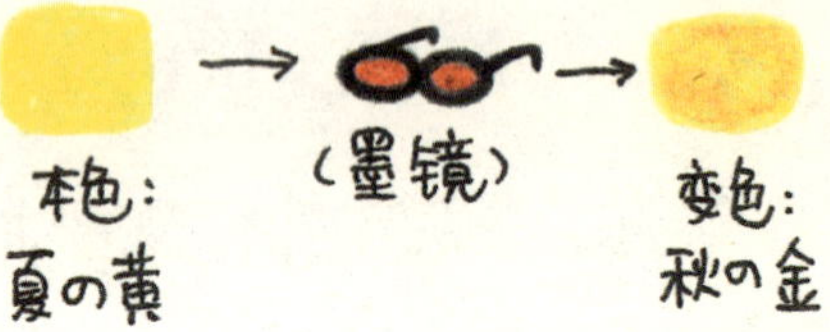

有人发现透过暗红色墨镜看油菜花更有童话色彩，果然，夏天一秒变秋天！

车子起起伏伏，走过高速公路，也上过垭口。在每个垭口的地方，总是会看到很多经幡，在此给个小贴士：哪怕是在炎热的夏天，上垭口的时候也要备件防风的外套，看见有经幡的地方就表示要添衣了——这种地方铁定风大。因为藏人相信，经幡被风吹动一次就代表念了一次经，所以，他们会把经幡放在风大的地方，让自然代为念经。

这里的经幡不是一条条的旗帜，而是一个个锥形堆，有点小特别。

这一年的 7 月，是青海油菜花盛放的季节，也是环湖公路自行车赛的时节。所以一路上不但能看到怒放的油菜花，也有各种骑车环湖的人，以及张灯结彩迎接环湖赛的横幅。其实，不管是专业还是业余，那些骑着单车长途跋涉一往无前的人（虽然现在已经越来越多），总能让我肃然起敬。

望见这些骑行人，我想，这个时候，应该又有不少骑车进藏的人了吧。雨季随骑行旺季来临，愿他们一路安好。而我在结束青海短暂的行程之后，也终于要迎来期待已久的进藏之旅了！美丽的西藏，会用怎样的方式迎接我呢？

西
TIBET
藏

如果要对中国13亿人做个“这一辈子一定要去的地方”民意调查，不敢说第一，但西藏一定能进前三甲。

那该是怎样神奇的一个地方呢？壮阔的草原、高傲的雪山、静谧的湖泊？我想更多是因为它神秘的文化色彩。当你看见那庄严肃穆的寺庙，那日复一日被吹起的经幡和转动的经筒，以及那不远千里不辞劳苦前去朝圣的人，似乎心灵都会由此重获新生——所谓信仰，原来如此。

似乎上天是有意把西藏放在一个远离尘世的地方的。他是想告诉所有人，只有够勇气放下世俗，才能真正体会这一切。当你走近，心亦走近。那是西藏，一个一生中总该去一次的地方——妙不可言，当你身临其境。

TO 新疆
班公错
噶尔
古格王朝
冈仁波齐
玛旁雍错
普兰
可可西里无人区
日喀
扎什伦
定日
阿里地区
最粗犷，最大气，
最沧桑，最西藏。
TO 尼泊尔

西藏地图
海
那曲地区
热闹赛马节之外，可可西里让这里无比神秘。
昌都地区
康巴文化的发祥地
多
那曲
强巴林寺
昌都
To
四川
当雄
左贡
南迦巴瓦
八一镇
大昭寺
波密
芒康
泽当
墨脱
察隅
洛扎
林芝地区
西藏小江南，高原上的桃花源。
To
云南
山南地区
里是西藏文化的发
源地，拥有西藏历史
的众多个第一。

最美不过青藏线

>>>> 坐上火车去拉萨 <<<<

虽然我无法解释鸡血到底是个什么神奇的玩意儿，但我很乐意用“打了鸡血”这个词来形容第一次坐上火车去拉萨的我。

晚上出发，整整 24 小时我一直处于亢奋中，不停和刚认识的藏人聊天，几乎惹到其他进藏游客群起而攻之了。可是，当一个多年的梦想终于可以实现的时候，“激动”不是很应该的吗？我反而奇怪他们怎么可以这么淡定呢！

为了这原本以为仅此一次的青藏线之旅，我都已经事先画好青藏铁路手绘地图了，一路上就照着地图推算出自己所在的位置和窗外的风光。

青藏线手绘地图 ①

敦德冰帽
德令哈 2945m
可鲁克湖
托素湖
外星人遗址
尕海
东布达逊湖
万丈盐桥
北霍鲁逊湖
察尔汗盐湖
南霍鲁逊湖
素林郭勒河
柴达木河
诺木洪河
茶卡盐湖
黑马河
橡皮山
切吉岩画
鸟岛
刚察大寺
尕海古城
原子城
2230m
西宁
塔尔寺
151景区
日月山
龙羊峡水库
贵德古城
黄河

青藏线手绘地图②

格尔木 2830m
三岔河大桥
不冻泉
玉珠峰(6178m)
玉珠峰冰川
昆仑山口
库赛湖
可可西里
国家级自然保护区
盐湖
卓乃湖
清水河
特大桥
(青藏线上最长
"以桥代路"工程)
藏羚羊
楚玛尔河
风火山口
多尔改错
三江源
国家级自然保护区
长江源特大桥
茶木错
沱沱河
通天河
果宗木查湿地核心区
温泉
唐古拉山口
唐古拉山
(6205m)
羌塘
国家级
自然保护区
当曲湿地核心区
安多
懂错
错那湖(世上海拔最高
的淡水湖)
那曲
4513m
牦牛
巴木错
那曲
草原
纳木错
那拉根
(5192m)
念青唐古拉峰
(7162m)
念青唐古拉
西段冰川
当雄
赛马
拉萨河
羊八井温泉
拉萨河特大桥
拉萨 3640m

>>>>> 路线依旧，四季不同 <<<<<

因为这样和那样的原因，我一共坐了三次青藏线。往返周折的路线或许有点劳民伤财，但换个角度来说，我体会到了不同季节的青藏线。

第一次青藏线

第二次青藏线

第三次青藏线

除了不一样的大风景，沿途的小动物也特别可爱哦。

一条路线，百般风情。有人说青藏铁路是中国最美的铁路，在去过新疆之前，我对此举双手双脚赞同！

高原反应这回事

既然来到西藏，高原反应自然不得不提。维基百科对高原反应（高山症）的解释是这样的：

高山症

维基百科，自由的百科全书

这是人体在高海拔状态由于氧气浓度降低而出现的急性病理变化表现。……可以发展成肺水肿和脑水肿，严重时可致死……主要表现为头痛、恶心呕吐、失眠等症状……大部分的病患，症状常只是暂时性的而且常在身体适应后解除症状。

但凡第一次去藏区的人，10个有9个会把注意力聚焦在“严重时可致死”上，但可能10个有10个都不会死。所以事实上，我对于高原反应的建议是：忘了它吧！

贴士

根据我几次上高原的经验，对于高原反应这玩意儿，似乎心理作用带来的反应比生理上真正能导致的反应要大得多哦！

基本来说，只要你没有心脏病、高血压、哮喘等不适宜进藏的疾病，你大可以大胆地往前走——当然，我不是说，你可以完全不理会任何注意事项。

不同的人，高原反应的大小也会有所不同哦！一般来说是这样的：
（其实就是：平时耗氧量大的，高原反应也会大！）

高的比矮的反应大　　胖的比瘦的反应大　　男的比女的反应大

那就来看看如何对付这个藏区的“妖怪”吧！

进藏前：

喝点红景天

虽然可能只是心理安慰——因为似乎该反应的到了高原还是会有反应。如果要喝，需要在进藏前 1-2 周开始。

有氧运动，停下来吧！

仍旧有许多人错误地为了提升体质在进藏前运动，但结果可能因为自身耗氧量增加，反而加重高原反应！

有问题？问医生！

为了安全起见还是要先看看自己是不是患有不适宜进藏的疾病，若有着凉引起的感冒也不适合进藏哦。

进藏后：

保持平常心

初抵一个氧气含量比平时少了几成的地方，有些不适宜是很正常的，倘若只是不算严重的头痛、心跳加快、气喘，请慢慢适应它。

不要轻易吸氧！

高原反应是可以通过逐渐适应缓解的，如果一到高原就吸氧，只会产生依赖，到时候你就等着带个氧气罩游西藏吧！

放慢脚步休息一下

停止一切可能让耗氧量增加的事情，比如大吃大喝、抽烟喝酒、跑步或急速行走……毕竟，这是个走路时说话都会有点气喘的地方。

小心着凉

为了防止感冒，一般来说建议进藏后 1–2 天不要洗澡。

高热量是王道

可以适当吃点高热量的食物，比如巧克力和本土的酥油茶——不过拉萨的巧克力有点贵哟。

拉萨不完全指南

也许，对于每一个初入拉萨的人来说，心中都有几分对于这个未知地的忐忑。好好认识这个地方，更有利旅行的开始。

>>>> 认识这座天空之城 <<<<

在这里……

一、入乡随俗（哪怕你是个无神论者，也请尊重当地文化）

二、慎言慎行（毕竟这是一个敏感的地方）

三、拍摄禁忌（不拍寺庙内部，不随便拍人）

四、西藏许多人都不收硬币！

五、携带物件：身份证、边防证、护照（如果打算去尼泊尔），厚外套（即使是夏天），护肤品（一定要防晒和保湿！！）

拉萨手绘地图

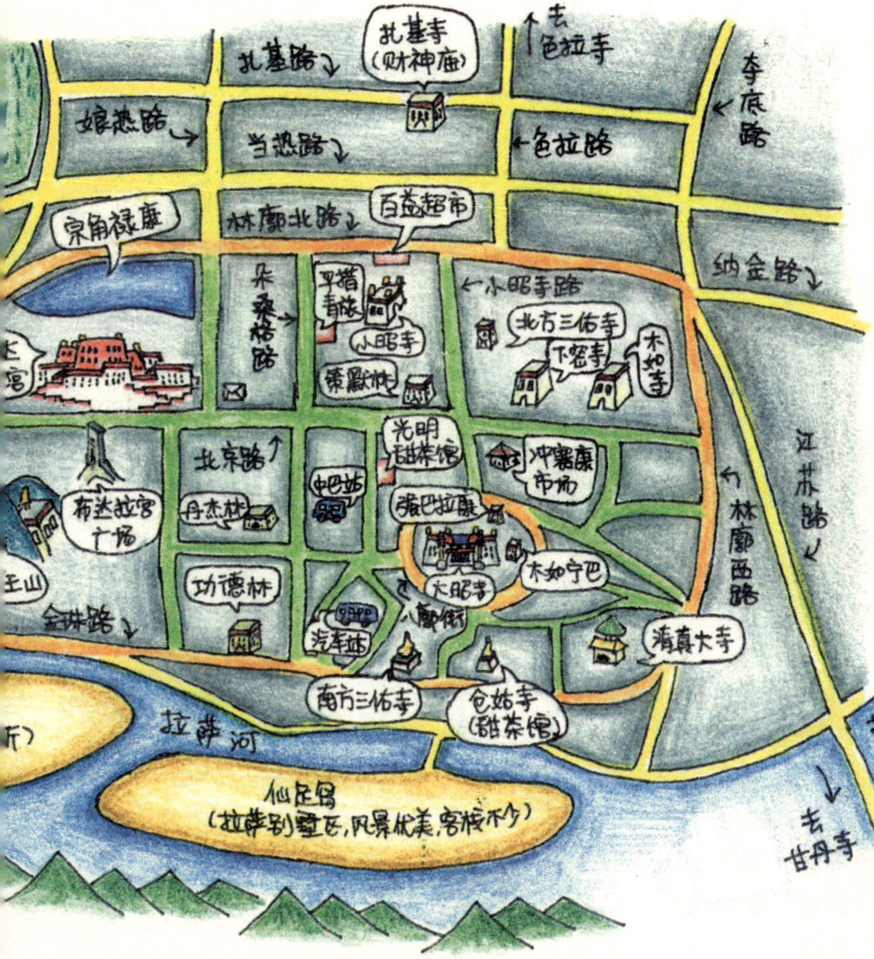

扎基寺
（财神庙）
去
色拉寺
扎基路
娘热路
当热路
色拉路
夺底路
林廓北路
百益超市
宗角禄康
纳金路
朵森格路
平措青旅
小昭寺路
北方三估寺
下密寺
木如寺
小昭寺
光明
甜茶馆
冲赛康
市场
北京路
中巴站
强巴拉康
丹杰林
布达拉宫
广场
江苏路
林廓西路
大昭寺
木如宁巴
功德林
八廓街
金珠路
汽车站
清真大寺
南方三估寺
仓姑寺
（甜茶馆）
拉萨河
拉萨
大桥
去
甘丹寺
仙足岛
（拉萨别墅区，风景优美，客栈不少）

>>>>> 吃，就要在地 <<<<<

老实说，西藏这个地方还真没什么惊天地泣鬼神的美食。不过吃货总是伟大的，就算吃不到美味，也可以吃出新鲜感，所以，那就来介绍一下藏区的本土风味吧！

糌粑

（在 P34 有介绍做法哦）

藏区最重要的主食，大概是熟的青稞面吧，吃起来还挺香。

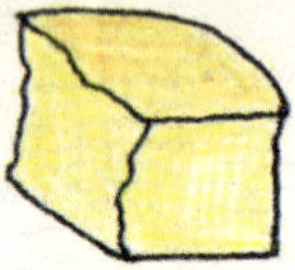

酥油

从牦牛奶中提炼出来的油，类似牛油，是各种食物的材料，也可以用在宗教等用途上（比如酥油花和酥油灯）。我总是想，如果拿这个代替牛油做曲奇，会是什么味道呢？

奶渣

也是从牦牛奶中提取出来的，硬硬的一颗颗，具体怎么吃我也不清楚，只知道可以混在糌粑里面。

酥油茶

酥油 + 盐巴 + 茶叶的混合物，据说可以预防高原反应，热量高，味道腻。如果想知道酥油茶的味道，可以想象牛油 + 水 + 盐的味道。

甜茶

据说是从印度尼泊尔传到西藏，改良形成的。味道有点像奶茶吧，大概也就是奶 + 茶的混合物，不过有听说其实拉萨甜茶馆的甜茶大多数都是拿粉冲的。

酸奶

街边有一种小木筒装着的酸奶，吃起来很好玩，另一种大概就是青海酸奶吧，很浓很酸，需要加糖拌着吃。

藏面

其实就是面条啦，不过口感不够Q弹，但胜在够便宜。省钱的时候去甜茶馆，一碗藏面+一杯甜茶，有吃有喝不到5块。

青稞酒

用西藏主要农作物——青稞酿成的酒，喝法可是有讲究的哦！（详见P88）

肉

在藏区一般只吃牦牛肉、羊肉、猪肉，驴肉狗肉是绝对不吃的，鱼肉也很少吃（因为有的地方有水葬习俗）。

加加面

其实这个是芒康的特产，一碗面份量很少，所以要边吃再加。每吃完一碗就摆一颗石头在旁边，最后一起计钱，很有意思哦！

尼泊尔餐

也许因为临近尼泊尔，这里可以吃到正宗的尼泊尔餐，不过当去了尼泊尔之后，你会发现这里卖得好贵啊！

蛋糕

其实蛋糕当然不是西藏特产，特别拿出来说是因为觉得这里的蛋糕都不好吃……另外，雪域餐厅9点后蛋糕半价。

好在拉萨除了藏族风味还有好多其他菜式，特别是誉满全国的川菜！所以，在这里还是不用担心饱不了口福的啦！

藏文化百科不全书

>>>>> 关于藏传佛教 <<<<<

说起藏传佛教，我觉得这实在是个太复杂太复杂的学科了！但是如果完全不懂，在藏区怎么混下去呢？所以，既来之，则知之。

·四大教派还是可以了解一下的吧·

藏传佛教主要有四大教派，稍加了解就好。

格鲁派

（黄教）

目前最大教派，创立者为宗喀巴大师。代表寺庙：西藏－拉萨三大寺（哲蚌寺、色拉寺、甘丹寺），扎什伦布寺、青海－塔尔寺，甘肃－拉卜楞寺，云南－松赞林寺，北京－雍和宫……

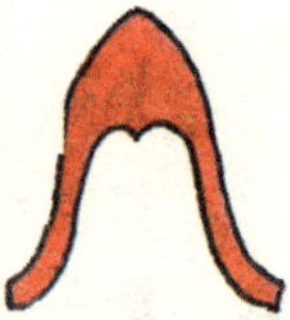

宁玛派

（红教）

最古老的教派，开山始祖是莲花生大师。代表寺庙：西藏－敏珠林寺

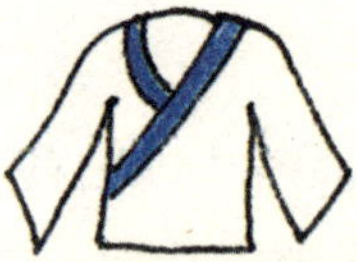

噶举派

（白教）

代表寺庙：西藏－直贡梯寺

萨迦派

（花教）

代表寺庙：西藏－萨迦寺

·和藏传佛教密切相关的东西，一定要知道啊·

六字真言

om ma ṇi pa me hūṃ
唵嘛呢叭咪吽

即六字大明咒，是大慈大悲观世音菩萨咒。源于梵文，象征一切诸菩萨的慈悲与加持。

玛尼堆

在这种随处可见的石堆上，经常供放着刻有经文的石块或牦牛头骨等，以祛邪求福。

经幡

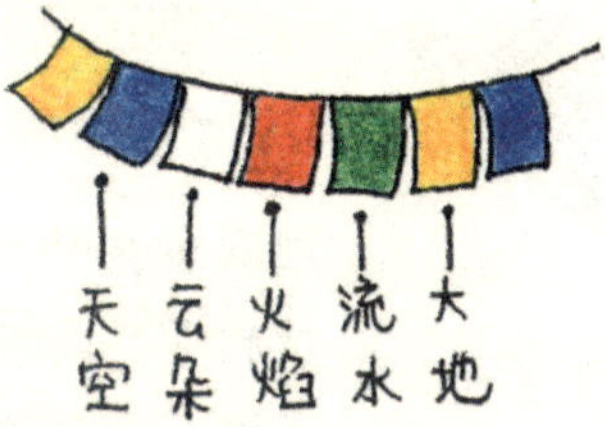

又叫风马旗，上面都印满了经文，五种颜色分别代表了不同的意义。

玛尼石刻

刻有玛尼字样或神佛形象的石块，经常被刷上鲜艳的颜料，在荒山上很醒目。

酥油灯

用酥油制成的长明灯，有着浓郁的西藏特色。特别是许多酥油灯一起点燃时，十分壮观！

擦擦

一种模制的泥佛或泥塔，是消灾祈福的圣物，颜色形状都有挺多的变化。

煨桑炉

煨桑就是用松柏枝焚起烟雾以祭天地。在许多藏族聚居的地方特别是寺庙门口都可以见到。

坛城

从它的梵文“曼陀罗”就可以看出有多玄乎了。源于密宗的坛城象征宇宙世界结构的本源。

唐卡

彩缎上的宗教卷轴画，形式多样，但多数是画上去的，艺术价值很高。

金刚杵

藏传佛教中众多法器的一种，又叫“降魔杵”，象征无坚不摧的智慧。

转经筒

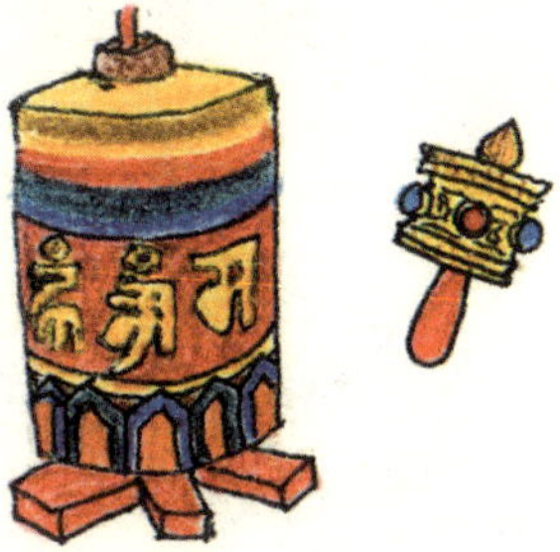

里面有经文。藏民相信每转动一次就相当于念一次经，所以没日没夜地转着。

白塔

据说里面安奉着圣僧舍利、经书、珠宝或各种吉祥物品，绕塔和拜塔都可以积功德。

>>>> 藏族风俗掠影 <<<<

众多风俗习惯，为这个民族的文化增添了几分神秘，那些独具特色的娱乐活动，也令他们的文化更为多姿多彩。

跳金刚

大概就是一群人戴着鬼怪蛇神的面具跳一些似乎连许多藏族人也看不懂的舞。

锅庄舞

在藏族经常见到的舞蹈，简单来说就是一起围成圈唱歌跳舞，很欢乐的哦。

打阿嘎

在大昭寺经常可以看到藏族人民在屋顶拿着棍子一边打屋顶一边唱歌跳舞的劳动方式。

玩骰子

藏族最普及的游戏，一群人叫着“巴拉晓”掷骰子，很热闹。好像在甜茶馆特别常见。

藏饰

满大街都可以看见的各种藏饰，多是用红珊瑚、绿松石等珠宝做成的。

藏族乐器

藏族有许多传统乐器，有的甚至是人体做成的！

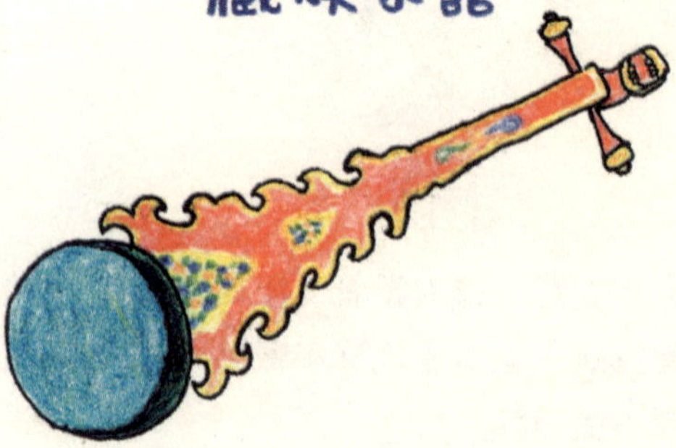

心中的拉萨梦

和很多人一样，我的心里也有一个拉萨梦。值得庆幸的是，这一天我终于有勇气去实现它。

听说，拉萨适合三种人旅行散心：失恋的人、失业的人、失常的人。放宽了来说，我觉得我三样都占了，似乎是有充分的理由在这里撒撒野的。于是我在西藏的近三个月，居然有一大半时间献给了拉萨——尽管最后我离开的时候，依旧“三失”着，但是至少，多了一个已经实现了的梦。

在拉萨不长不短的时间里，我也认识了不少人，他们将成为我这段“伪藏漂时期”的同行者。

似乎每个混拉萨的人都有在这开客栈的梦想哇！

肖飞

一个真正的浪子，多年来一直走走停停，曾深入过罗布泊，一个人背包从青海徒步进藏。现在在拉萨开客栈。

小杜子

天津进藏的男生，本来也和我一样打算走尼泊尔和东南亚，不过后来艳遇了~据说现在也在拉萨开客栈。

虎妞

在青海认识的西安女生，后来被“忽悠”进藏了。

刚认识的时候正和几个人在拉萨摆地摊卖火柴，不过每次赚的钱都没花的快。据说现在 同样在拉萨开客栈。

广西女生，据说来拉萨是为了寻找一个感情的答案。

>>>>> 朝圣大昭寺 <<<<<

如果你还以为那些不远万里进藏朝圣的人是为了布达拉宫，你的想法要变一下了。布达拉宫固然宏伟，但对于每一个朝圣者而言，大昭寺才是一切的中心。从西藏的历史看，也是先有大昭寺，才有了以它为核心建起来的拉萨城呢！

相传当年是为了供奉大唐文成公主带去的释迦牟尼 12 岁等身像，松赞干布才下令建造大昭寺的，而另一个由尼泊尔尺尊公主带去的释迦牟尼 8 岁等身像，则被供奉在小昭寺里。而在另一个版本的说法里，文成公主当年指出整个青藏

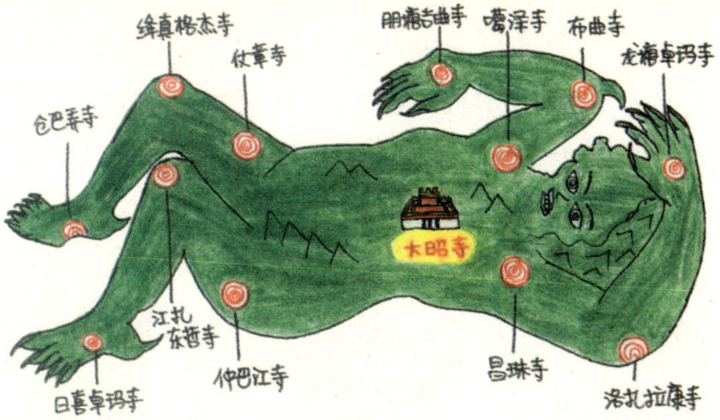

高原是个仰卧的罗刹女，所以在其心脏位置建了大昭寺，并在其他地区建了另外 12 个寺院区，以镇住魔女的四肢和各个关节。

大昭寺地位特殊，以它为核心的那条环形的街——八廓街，也就成为一条人气十足的街。对于游客来说，八廓街可能是选购旅游纪念品的胜地，而对于藏民来说，这里则是表达内心虔诚的圣地。每一天，都可以看到众多藏民沿着它转经，一圈又一圈，永无止境。如果说全世界只剩下了一条路，对他们而言，那条路大概就是八廓街了吧。

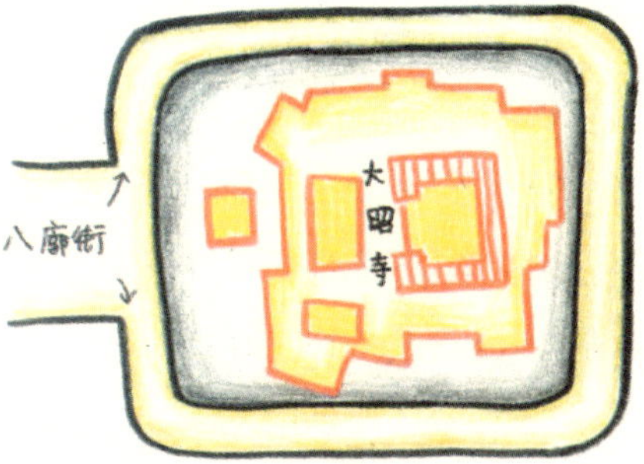

拉萨有三条转经道，除了大昭寺内部的一条，八廓街就是小转经道，林廓街则是大转经道。

在长待拉萨的日子里，我们也像那些步履不停的藏族人一样，每天必做的功课就是转八廓街，以及在大昭寺外晒太阳。大昭寺大殿对面有一面墙，被人戏称为“艳遇墙”，大概因为这里聚集了许多打扮拉风的藏漂吧。

传说这一面墙叫“艳遇墙”，常常有许多人靠在这发呆。

每天坐在这里，总可以看到许多磕长头的藏民，日复一日，认真地重复着相同的动作，以至于把那一块地面都磨得无比光滑。突然理解了人们说这里治愈失恋的道理。曾经再深刻的爱，此时遇到他们这种发自肺腑的诚挚，都变得无比渺小——原来，自己的那些事，其实什么都不是。

>>>>> 珠光宝气布达拉 <<<<<

在藏人之外的眼中，大概布达拉宫就是拉萨最鲜明的象征。这或许解释了，为什么门票高过大昭寺、参观还要预约登记，布达拉宫却永远不乏游人。

布达拉宫是当年松赞干布为迎娶文成公主而建的宫殿（请注意，是宫殿，不是寺庙），分为白宫和红宫两部分，白宫是达赖喇嘛议政起居的场所，红宫则是达赖喇嘛的灵塔殿和佛殿。

参观布达拉宫，我们选择自己去，慢慢玩。一路上导游挺多，所以不但可以蹭听解说，还可以自由选择听谁的解说。从白宫到红宫，要经过挺漫长的一段才开始验票，所以我好像觉得如果穷游的话，可以免费玩到收门票的地方再打道回府呢。

这里大概是布宫上去最后一个能拍照的地方，也是终于开始检票的地方。

接下来的红宫，是一个容易让你高反的地方。为什么呢？在此容我引用一段在平措青年旅社一间房的墙上曾看到话：

“
去海拔4000多米的纳木错，我没有高反；
去海拔5000多米的珠峰，我没有高反；
去布达拉宫，我高反了!!!
这一辈子也没见过这么多的黄金珠宝呀!!!
”

据说，这里最昂贵的五世达赖喇嘛的灵塔，是用近3000多公斤黄金和上千颗宝石打造而成的，其中一颗明珠还取自大象的脑髓……总之，我从来没见过这么多的奇珍异宝。如果不是因为年代久远而光泽不再，这些闪闪发光的黄金和宝石的确会让我头晕目眩吧！

据说这里许多贵重物品均来自信徒的施舍。在这个物欲横流的社会，这份虔诚，真是太难得，太难得。

>>>> 千佛药王山 <<<<

其实我现在还没真正弄清楚，千佛崖和药王山之间的关系。总之就理解成那一块地方了吧。从德吉路一个不算起眼的小巷子进去，走到一扇大门，渐渐豁然开朗，就抵达目的地了。

最先看到的是一个巨型的摩崖石刻。据说这是很久以前的贵族请人刻凿的，之后拉萨有家境贫寒的人家有人过世，却请不起渡亡唐卡时，就会聘工匠在此刻上一尊新的佛像，或者买些颜料把这里的佛像刷新一遍，起到与渡亡唐卡一样的功效。久而久之，这里的佛像越来越多。

千佛崖前方有个拜佛台，已经被朝拜者磨得异常光滑。相对于拉萨许多地方来说，这里游人罕至，大概更能让他们静下心来，诚心顶礼拜佛吧。

千佛崖的后方是一座高大的经塔，而让人对之肃然起敬的原因在于，这整座塔居然是由许许多多工匠刻凿了经文的薄石片堆砌而成的！佛经说，绕着由佛经组成的经塔一圈，就能积累无量功德，在这海拔 3000 多米的地方，我一共走了 9 圈，算是向他们表达我的敬意吧！

往山上走的路上可以看到许多做擦擦的手艺人。我也是在这里，才看到了比甘南更多姿多彩的擦擦。简单来说，擦擦就是用模具令软泥成型，然后涂上颜料，在阳光下晒干定型。当五颜六色的擦擦放在一起，很漂亮的呢！

关于药王山，还有一个很有意思的地方哦！从布达拉宫往德吉路走的路边，有一些很不起眼的岩石，而凹下去的地方却异常光滑。可以看到，很多人走过的时候都会在上面蹭一蹭，听说这样就会身体健康！难道这就是药王山的魔力？

在后来，混在拉萨无所事事的日子里，经常也会去德吉路附近吃饭，每次经过，我都会在这里蹭一蹭，不管信或不信，既然入了乡，那就随个俗呗！

其实看起来这里离药王山有点远，到底是不是和药王山有关呢?

辩经以外的色拉寺

与哲蚌寺、甘丹寺合称拉萨三大寺的色拉寺，对许多人来说大概就是一个看辩经的地方。众多寺庙零零散散组成一个好像小城池的寺庙群落，看起来很是壮观。特别是站在晒佛台附近往下看的时候，可以俯视整座拉萨城。当有光束从云层落下时，真有一种在天上窥视人间的感觉。

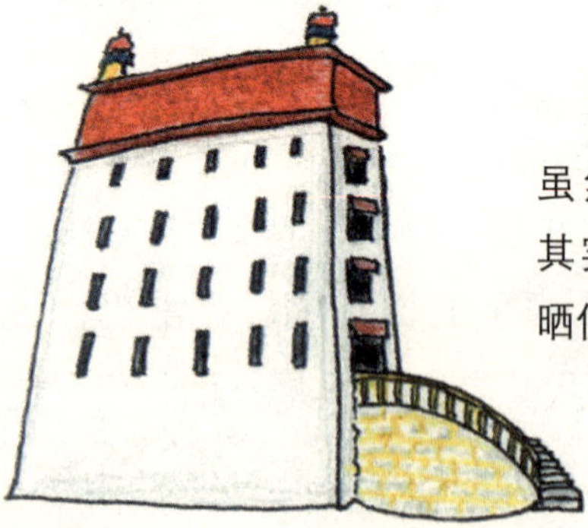

虽然哲蚌寺以晒佛闻名，其实色拉寺也有个不小的晒佛台呢。

不过我更喜欢的，还是寺庙后面那座光秃秃的，几乎没有哪个游客愿意多看一眼的大山。也许多数人对这里的印象，最多也就停留在山脚下那许许多多色彩鲜艳的佛像画了——这被称为玛尼石刻。

岩石上那些“天梯”图腾在藏区很常见，寄托了人们希望死后灵魂升天之意。

在牛人肖飞的领队下，我们爬上了那座山。不但在一个游人罕至的寺庙被喇嘛邀请避雨和喝酥油茶，还从陡峭如悬崖的地方下来，找到了两个被他宣称为“神泉”的地方。

不管是不是“神泉”，在泉水附近的确可以看到许多装水的瓶瓶罐罐。

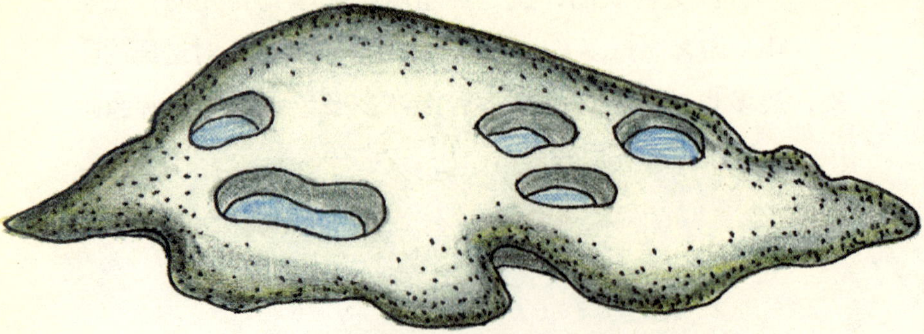

在山上可以看到天葬台，其实就是一块巨大的岩石上面有一些凹下去的坑，大概是砸碎人骨吧。

不过对于这些事关宗教的事物我向来小心翼翼，不敢跑过去嘻嘻哈哈。后来和旅馆的藏族老板说起，他居然和我说，他经常和朋友一起跑到那种地方去装死，以表达自己以后可以天葬的心愿……看来宗教对于他们来说，还真是一个终生的事业啊！

>>>> 东游游，西逛逛 <<<<

除了一些鼎鼎有名的寺庙，拉萨还有着许许多多的小地方，倘若有充足的时间，拜访这些地方其实也可以避开人群，更有意思，而且许多还是免门票的哦！

小寺大集合

木如宁巴：

比大昭寺更古老的寺庙，离大昭寺仅一墙之隔，三楼平台可以看大昭寺全貌。

敏珠林嘛呢拉康：

山南敏珠林寺的小寺。其实在大昭寺周边有许多西藏大寺庙在这里建的小寺。

强巴拉康：

这里有一尊高两层的强巴佛像（弥勒佛），许多人在此祈祷健康。

仓姑寺：

也许因为是一座尼姑庙，这里被装饰得像个花园。许多人来这里都是为了喝这里出名的甜茶。

“四大林”：

= 策默林 + 丹吉林 + 功德林 + 锡德林

它是拉萨除色拉寺、哲蚌寺、甘丹寺之外的四座政教合一大寺庙。

木如宁巴安静舒服，在三楼的平台，不但可以看到不一样的大昭寺，也可以看民居种满花花草草的窗台。

木如寺：

又称“木鹿寺”，现在是西藏佛教协会印经院。

下密院：

这里是学习密宗的地方（神秘的密宗啊！），而上密院就是著名的小昭寺啦！

小昭寺：

这里供奉着释迦牟尼八岁等身像，也有著名的拉萨上密院。

次巴拉康：

它在去小昭寺的路上。也许因为里面供奉着无量寿佛（阿弥陀佛），所以香火特别旺盛吧。

扎基寺：

全西藏唯一的一座财神庙，寺庙虽小，但香火十分鼎盛。

帕邦卡：

有松赞干布的修行洞和一棵神奇的树。附近还有一座叫桑丘寺的尼姑庙。

乃琼寺：

在哲蚌寺附近。寺庙很小，但地位不容忽视。

文成公主在帕邦卡种下的一棵树，有四种叶子，开三种花，结三种果，现在这棵树依然茂密。

闲来乱晃荡

宗角禄康：

这是布达拉宫后面的一个公园，闲时走走还不错。雪顿节可以看到免费的藏戏。

罗布林卡：

它也被称为拉萨的颐和园，是历代达赖喇嘛的夏宫。不过门票可不算便宜。

西藏博物馆：

这是一个向公众免费开放的博物馆，可以看到许多有关西藏文化的东西。

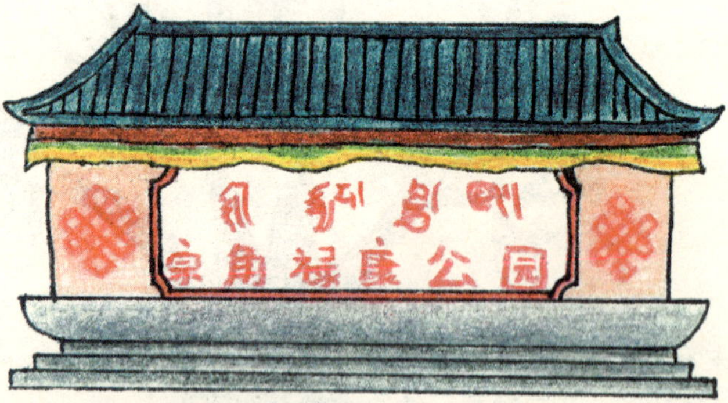

从布达拉宫转经时会经过的宗角禄康，是个挺漂亮的地方，许多人也喜欢在这里拍摄有水中倒影的布宫。

拜访次旺多吉

次旺多吉是我在青藏线上认识的藏族大学生，火车上，我和另一个进藏旅行的女孩子阿休曾说起要去他家玩，阿休还霸王硬上弓要了他的电话和地址，他大概没有想到，我们还真去了……

>>>>> 简简单单小幸福 <<<<<

清晨起床，一路兜兜转转，经过漫长的等待和周折，我们总算到了他家。

次旺多吉的家在日喀则一个大概 20 来户人的小山村里。他家条件没我们想象的那么好，不过日喀则是“西藏粮仓”，居民以农民为主，基本上都有固定的居所，怎么也好过我之前去的牧民家啦！

在藏族人民家里，厨房、客厅和卧室往往是一体的。

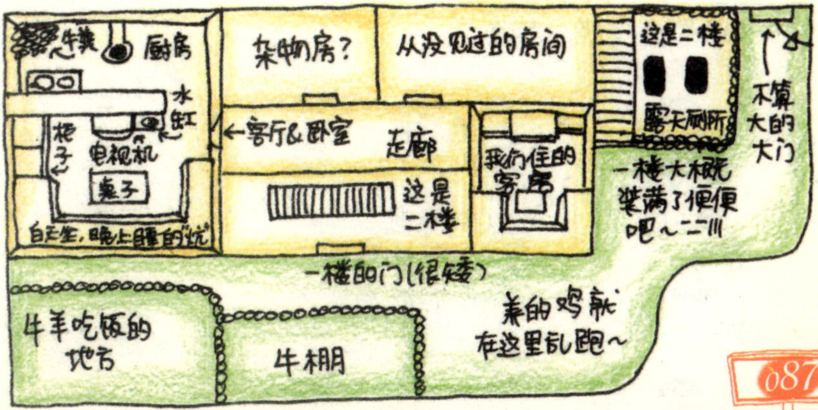

次旺多吉说，这几天刚好是他们庆祝青稞丰收的节日，就带我们出去看看。哇，能近距离体验风俗民情的，我最喜欢啦！

说庆祝节日，其实就是全村人在一块空地举行一些小活动。我们去的时候刚好在拔河，居然几轮下来，女子队都胜过男子队哦！然后失败的人就要被丢青稞面，不过玩到后来，人人都全身染白啦！虽然只是观众，我心里也被他们的快乐感染了，真喜欢这种单纯的幸福呀！

接着我们被邀去喝青稞酒。喝青稞酒可是有规矩的：

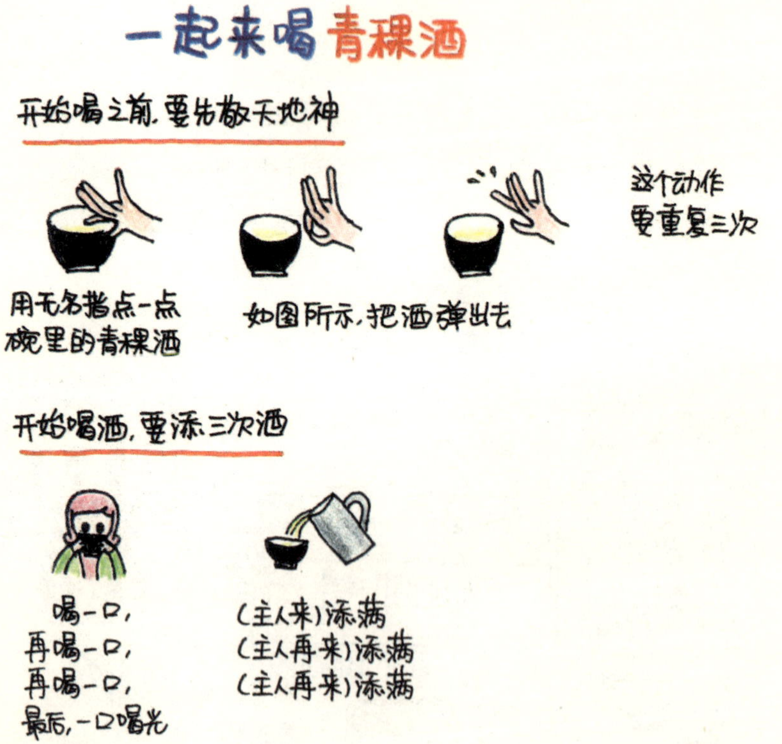

喝着酒，有个大叔见我有相机，就要我给大家拍照。我还以为他们不喜欢被拍呢！小孩子们更欢乐，立马摆出 Pose，然后看到我相机里的照片哈哈大笑。我想，这里的人虽然并不富有，每天为了生活起早贪黑，吃不到山珍海味，却有一颗容易满足的心，比那些天天吃鲍参翅肚的人快乐得多。

既然说到吃，就说说这里的用餐和生活习惯吧。次旺多吉说，藏民一天要吃三四五顿饭，白天出去可能就靠糌粑，而晚饭，就是睡前吃的。我想，睡前吃饭怎么不会长胖呢？而且那些藏族姑娘还个个那么苗条，真是劳动的成果啊！

这几天我们有时吃藏面，有时吃青稞面做的馒头，有时候还有洋气的通心粉哦！怪不得我在拉萨八廓街和尼泊尔都有看到卖通心粉的，难道因为通心粉在高海拔地区更容易煮熟？

心随信仰行

对于这个不够“风景名胜”的小村落，次旺多吉照样能带我们去到很多有意思的地方。比如去邻村一个寺庙，虽然小，但因为有他带，我们更明白要怎样正确地参观寺庙。

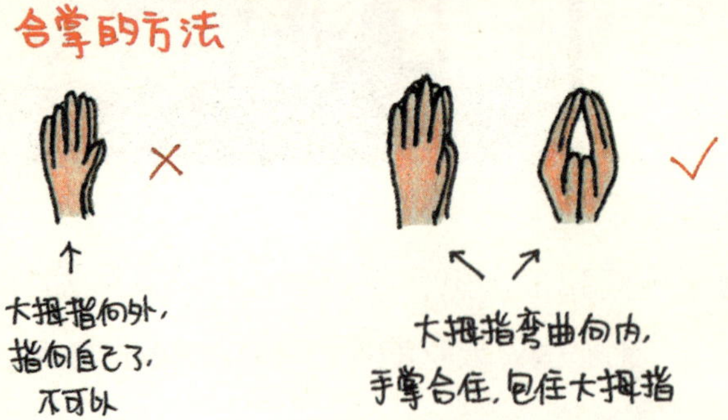

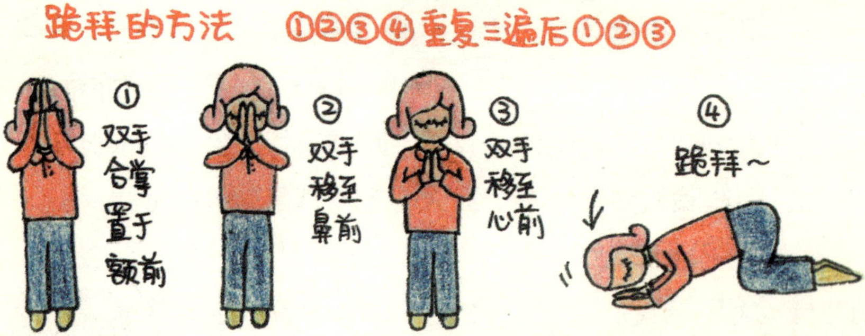

而且跟着次旺多吉参观寺庙，才知道原来经过那些经文的时候是要从放经文的柜子底下走过或者爬过去的，据说是这样才更加吉祥。

里里外外都顺时针转了一圈，也认识了许多神和活佛，比如掌管鲜花，永远不死的莲花生；成千个摆放的度母；释迦牟尼两个大弟子：一个知晓万物，一个改变万物……

后来我们还去了活佛住的卧室参观，有一个喇嘛为我们祈福，临走前还送给我们一些泥球球。次旺多吉说，这个叫“jin die”，也叫“qi en la”，有的是土做的，有的糌粑做的，可以佩戴也可以吃，总之是保平安长寿的。

jǐn diē，有的乒乓球大，有的指头大

>>>>> 小村庄，好风光 <<<<<

往村子后的山上去，是游牧民族的地盘。一路沿溪而上，还有一口“神泉”，旁边有很多玛尼堆。次旺多吉说，冬天别的地方都结冰了，这里也不结冰的，所以被认为是圣水，喝了包治百病哦！我们都学着用牛角接了神泉喝，而之前一直高反的虎妞喝完神水之后居然跑得飞快！

继续上山，到半山坡的时候，突然一大群绵羊向我们冲了过来。那场面！如果冲过来的是其他的动物，我肯定要吓个半死了，还好我了解绵羊是很温顺的，而且有次旺多吉

你试过几百只羊向你冲来的感觉吗？

当时的情况

带着，心里感觉上了个保险，只是觉得很好奇和兴奋。但虎妞可是怕得要死了呢！后来这群绵羊围着我们团团转了一会儿，就渐渐散开了，不过为什么会有这种事发生呢？

原来，平时有人上山会给绵羊撒盐吃，今天绵羊看到我们也以为是给它们送盐的，就冲过来啦！真是虚惊一场啊（不过其实我也没受惊嘛~）！

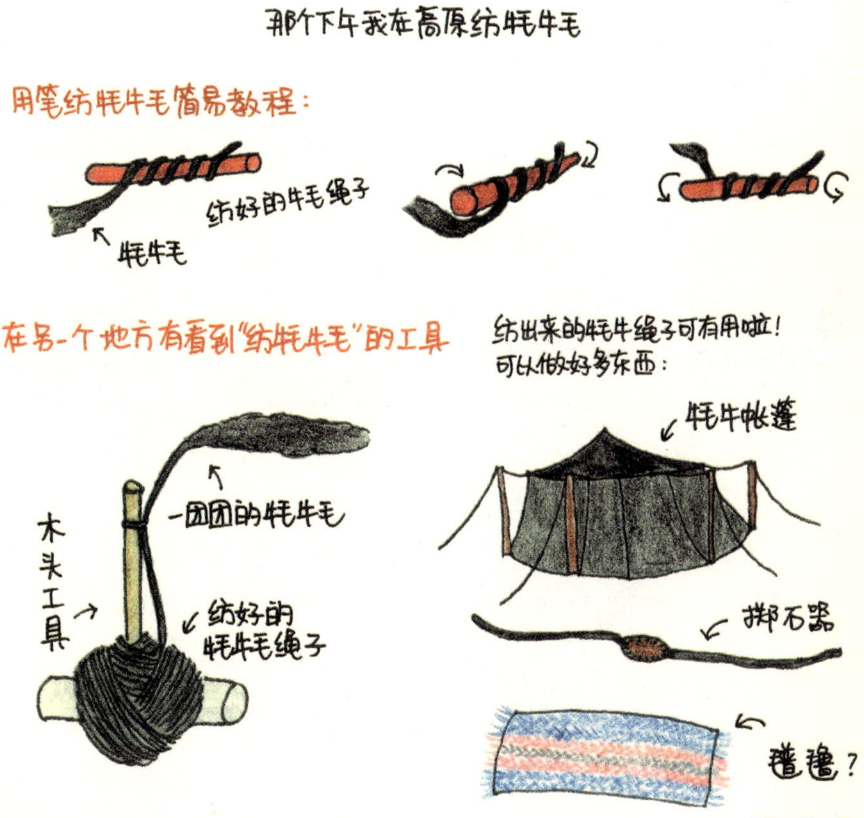

之后到附近一户牧民家玩。这户人家是两兄弟同时娶了一个老婆，听说这种情况在藏区很常见，目的是为了兄弟俩不分家。不过么，反正和谐就好。

我们找了块空地，坐下来喝喝茶，聊聊天，次旺多吉还找来牦牛毛纺牛毛，经过一番折腾，我总算学到了一点皮毛。

下山到村子里，看到一些人在玩骰子，这是一种在西藏常见的游戏——虽然我还是不懂怎么玩。有趣的是他们拿来赌的东西，除了贝壳，还有些貌似古老的钱币，让我不禁想，会不会是古董呢？

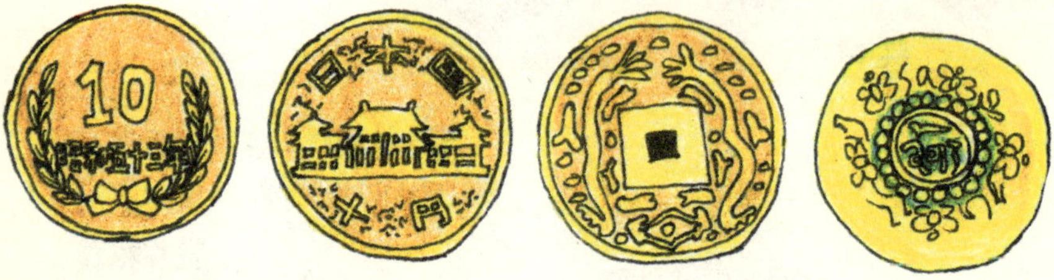

穿过青稞地和油菜花地，我们到了一个神奇的地方。这个看上去很普通的塔，次旺多吉说叫“美容塔”，绕着转一转，可以消痘祛斑哦！次旺多吉说，如果有牛长了痘痘，用塔旁的土涂一涂，就可以消除了，这也太夸张了吧！我以为这里的人只会为健康和来世祈祷，没想到还会有这样的塔呢，于是不由得多转了几圈……神奇的塔，请赐我美丽吧！

在最后离开前的那个傍晚，我们又跑去接了一次神泉，那时山边正打雷下雨。回头的时候，居然看到万丈光芒和一道彩虹！西藏人见怪不怪的风景，却能让我们十足地感动啊！

原本想第二天悄悄地离开，只告诉了次旺多吉我们要走，结果他还是“泄密”告诉了家人。那些老人家很热情地送了些药丸给我们，据说是活佛做的，十分珍贵，我们都有些不好意思收下。临走前我给大家唱了《仓央嘉措情歌》，总算让气氛活跃起来。哎，混西藏，我就靠这门技术了啊！

雪顿节：天堂下最近的狂欢

听说雪顿节是西藏除藏历新年之外的第二大节日，所以，能够在这里遇上这个节日，我真是无比兴奋！在那之前，我总望文生义地以为“雪顿节”好歹是和雪山有点关系的，直到后来才知道，原来“雪顿”是吃酸奶的意思……

拉萨雪顿节的LOGO，灵感大概源于藏戏的面具。

雪顿节为期一周，主要活动是晒大佛、看藏戏、过林卡。总之，这是个西藏人民（以及游客）扎堆的节日。

>>>> 晒佛：与佛一起沐浴晨光 <<<<

雪顿节以晒佛为序幕，所以雪顿节，也称晒佛节。清晨四点，我们一行人浩浩荡荡向哲蚌寺出发，天终于朦朦亮的时候，我们终于爬上山，在以为可以开始等待看晒佛时，才发现考验才正式登场。

与其说看晒佛，我宁愿相信是来看人山人海的——我从来没见过这么多人！整座山上满满的都是人，包括悬崖陡壁都是！在历尽千辛万苦之后，我终于在一块稍有不慎就会掉下山的石头上，胆战心惊地看完了晒佛的全过程。

当第一道晨光洒下，笼罩在黑暗中的拉萨城突然披上金装，如海市蜃楼般浮现出来，引起一阵惊呼。随着号角吹响，一幅无比长的卷轴被一两百个喇嘛抬出，运到搭好的展佛台。8 点时分，这幅巨型唐卡如同百叶窗一样，自下而上神奇地展开了。

抬唐卡可是一个体力活。

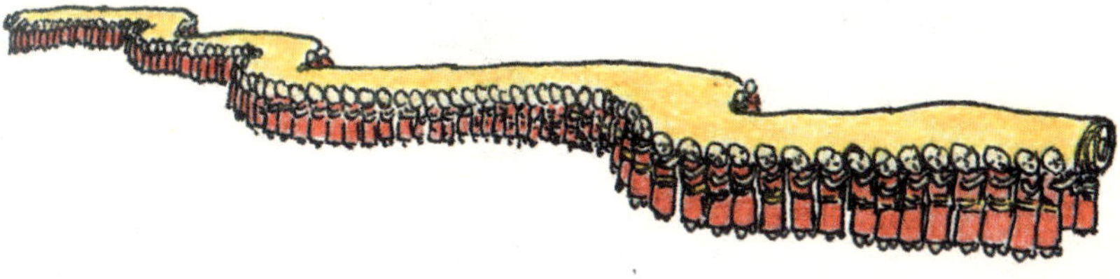

我不知道到底是因为站在这个有生命危险的地方让我心跳加速，还是因为这样神圣壮观的场景让我心潮澎湃了，总之，我的内心一直起伏着、翻腾着……当大佛展开，虔诚的信徒便上前献哈达、用头去拱，用手去摸，以及转山、转寺。

当第一道曙光洒在这一幅五六百平米的巨型唐卡上，怎能不让人惊呼呢?

藏戏：内行演门道，外行看热闹

作为雪顿节的另一个重头戏，藏戏是一门非常深奥的艺术，因为——不但我们看不懂，他们藏人也不一定懂！不过这并不妨碍大家对它的兴趣，遇到诸如雪顿节这种盛大节日，哪里有藏戏，哪里就会有人。

为期七天的雪顿节，在第一天以晒佛揭开序幕之后，就迎来了看藏戏，过林卡的欢乐时光。

过林卡？

所谓林卡，意为园林，每逢节日，藏民总爱成群结伴带着吃的喝的出来玩上好几天，他们称为“过林卡”。在我看来大概就是露营野餐吧。

也许在西藏待得还不够久，我还没晒出一张足以冒充藏族人逃票的脸，所以我放弃了罗布林卡。不过，布达拉宫后面的公园宗角禄康，也有藏戏看，而且免费。

其实看藏戏看的压根就不是内容，而是凑个热闹。我随机问了几个藏民，

宗角禄康看到的藏戏，装束和动作都十分夸张。

居然没人能说清他们在演什么，但也照样看得兴致勃勃。能趁着假日出来玩，这才是重点吧！

藏戏的藏语叫“阿吉拉姆”，意思是“仙女姐妹”，因为藏戏最早由七姐妹演出，内容多是佛经中的神话故事。

藏戏中最具特色的莫过于那些面具，每个面具都有各自的含义，我觉得和京剧很像呢！

在长达一星期的雪顿节里，每一天拉萨都洋溢着欢乐的气息，晚上天空甚至还燃起了烟花！

虽然在这些日子里，每天只是无所事事地在拉萨城晃荡，不像其他游客一样赶着去这个那个景点，但这种慢悠悠的自在才更让人无拘无束无忧无虑，分外怀念。

义工旅行

近几年关于义工旅行的讨论越来越多，这种旅行既能做有意义的工作，又可以去见识一下外面的世界，的确是很吸引人。为什么我读书的时候不知道这些东西啊！

客栈大厅平面图。空闲的时候我就在这里找个桌子写写画画。

国内的所谓“义工旅行”相对国外不够规范。认真来说，我在拉萨就只是在旅馆打工换免费食宿，算不上真正的义工旅行。不过既然双方都能获得自己想要的，也算个两厢情愿的劳动协议。

我去的是仙足岛一个家庭旅馆，在客栈的工作，也就是每天铺床、扫地、收拾。客栈养了一只古代英国牧羊犬，叫开心，是一个十足的吃货，虽然很大只，却超级可爱。

不过……每天早上带它出去遛可就累惨我了！作为一只大狗，开心对于每天出去溜一圈的例行活动十分期待和兴奋，不过也害苦了我。因为它总是跑得很快，而身在缺氧的高原，我表示陪着跑压力很大！

每天都让我有种被狗遛的感觉。

不过不管怎么说，整体上在这里还是挺轻松的。客栈有个御用大厨(其实是老板的朋友)，跟着他我还学会了新疆手抓饭哦！

一起来做新疆手抓饭

准备的材料

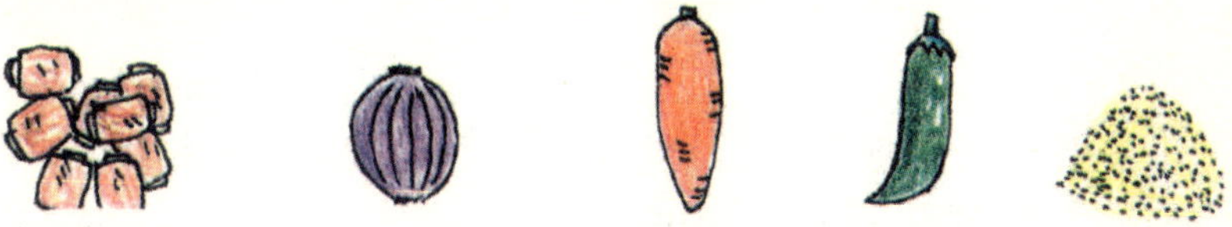

排骨　洋葱　胡萝卜　青椒　大米

排骨放入开水中焯熟　洋葱切丝　胡萝卜切丝　青椒切丝

开始动手啦！

锅烧热，倒油

放入足够的盐
（之后就不加调料了）

倒入排骨和胡萝卜丝
并炒熟

把炒熟的排骨+胡萝卜丝
倒入高压锅

把泡好的米
铺在上边

倒入适量的水
（很关键的一步！）

盖上锅盖
基本上大功告成

另一边是凉拌

洋葱丝、青椒丝、
盐、豉油、醋等
一起搅拌

纳木错边的旅营

因为一些原因，结束了半工半玩的义工生活，我突然有种“再辞职”的畅快，进一步深刻地领会到“自由价更高”的意义。很快，客栈几个无聊人就认为要找点事来做，并一致决定去纳木错玩玩。

因为包了个便宜的车，超级大清早出发，我在车上一直睡到了传说是这一路海拔最高的那根拉，下车时居然穿上冲锋衣都被冷到的，天，这可是夏日炎炎的 8 月啊！

到达纳木错后，本来虽然肖飞、胖子和小杜子几个大侠执意要露营，我们几个女生还有点犹豫的。不过在看了房间问了价钱之后，我们也决定去露营了。这里的人似乎被商业化得一塌糊涂，领我们看房间的藏族姑娘看到我们带了些吃的居然伸手问我们要，瞬间无言以对。

因为睡袋不够，我们找了个客栈租了被子，然后在远离游客聚集的湖边扎营。下午三点，在阳光的照耀下，波光粼粼的湖面像撒了钻石一样，变得异常美起来。在这样的湖边发呆，真是无比美好。

关于念青唐古拉山和纳木错，有一个很美丽的故事。传说他们本是一对情侣，后来纳木错因听到女巫说，只要天亮前走出魔法森林就能永远赢得念青唐古拉的心，于是走进森林，结果迷路了，最后被魔法化身为湖。当念青唐古拉闻讯赶到时，却只看见到这一面伤心的湖，于是他化作念青唐古拉山脉，环绕在纳木错的周围，誓要永远守在心爱姑娘的身边……

不知道是不是因为这样的传说呢，我在纳木错还见到拍婚纱照的人呢。能和喜欢的人一起去喜欢的地方，真是一件幸福的事呀！

在湖边呆久了，天天看神湖看雪山，似乎有种不食人间烟火的味道。不过有大厨肖飞在，从不担心饿肚子。

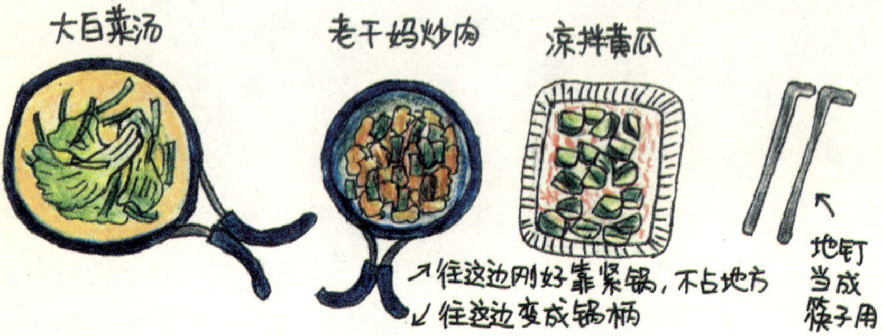

平时我们都是去游客区的小店买菜，
带到营地做饭。

只是……虽然露营很欢乐，但 8 月去纳木错也许还真不是一个好选择！我们在湖边呆了 4 天，3 天都有下雨……露营第二晚是七夕，居然下雨看不到银河，我们只好找了个山

洞 BBQ。大厨不愧在新疆呆了一年，太有范儿了，从摆烧烤台到调味烤串，一手搞定！

当晚我们住在山洞里，当了回山顶洞人。若逢下雨，我觉得这是个绝妙的地方哦！不过可惜了我的星空图，除了第一晚认出天蝎座，居然后来就再没看到过很美的星空了。

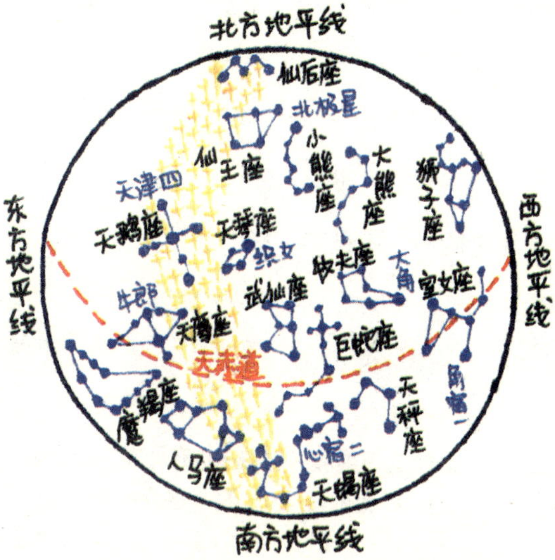

7月中旬晚上9点·夏季星空图

本来还想靠着这张星空图来认星座，真是来不逢时啊。在纳木错的最后一晚，天还是阴阴沉沉，只有寥寥几颗星。我们一堆人挤在一个帐篷里，把头伸出帐篷，望着夜空，大声唱歌，直到深夜。旅行其实不在乎风景，更在于当时的心情和身边的人吧。

在羊卓雍错遇见另一种蓝

四天的纳木错露营之行勾起了我们旅行的瘾，却难以尽兴。很快我们就决定再接再厉，杀向羊卓雍错。羊卓雍错和纳木错同属西藏“三大圣湖”，不过气质上却截然不同。相对于如海般辽阔的纳木错，羊卓雍错有一种小家碧玉式的温婉，怪不得藏语意为“碧玉之湖”了。不过她另一个外号“蓝宝石”，却是在我亲近之后才体会到的。纵观我见过的湖，羊卓雍错拥有的是最通透的蓝。

四个令我印象深刻的湖，四种不一样的蓝。

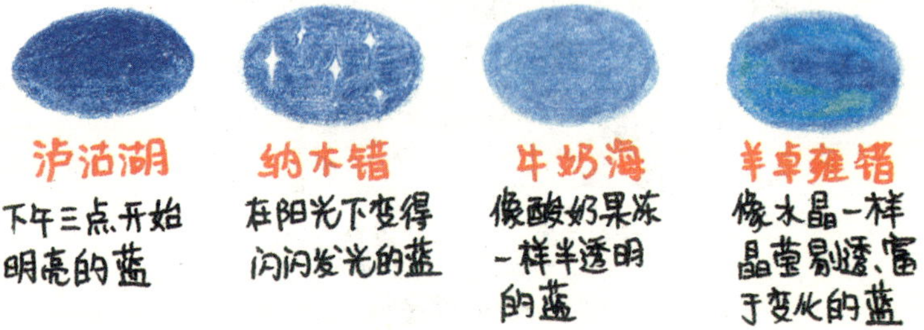

从大昭寺旁的鲁固巷坐便宜的巴士到曲水，就可以看到久仰大名的雅鲁藏布江啦！走过曲水大桥，江边有个貌似观景台的地方，后来才知道那就是水葬台。附近的山岩上画了很多“天梯”，对他们来说，这是通往天堂的路。之后我们坐顺风车去羊湖，盘山公路一路上行，在最高点我们下车了。远远看到山脚下的就是蜿蜒曲折的羊湖，夹在山间，少了份开阔，却也多了份随意。

因为前方有检查站的“封锁”，继续找顺风车是不可能的了。于是我们沿着一条通向湖边的山路走下山，路上居然又下起雨来，我恨雨季啊！

好在第二天天晴，又是个发呆的好时机。我发现不管是大昭寺、纳木错还是羊卓雍错，对我而言不过是换了个地方发呆而已，大脑放空的感觉，真好。

不知道是不是因为矿物质的原因，羊卓雍错如同色彩魔法师般，湖水的颜色随着天气、时间不停地变幻。所以，即使我们来的那天下雨，走的那天又下雨了，看不到日出日落，没有露营和山洞，只看湖，竟也觉足够。

朝圣去山南

虽然西藏很多景点名气很大，但不够有名的山南，在我心中却如同一个不得不去的圣地。因为那里是西藏文化的发祥地，有西藏的第一座寺庙，第一座宫殿，有可以看到前世今生的拉姆拉错，以及太多不知名却仿若仙境的地方……

带着种种期盼，我出发了。清晨的大昭寺广场朦朦亮，去往山南的朝圣班车却已载满了诚心前往的人。

山南简行图。相对而言，山南北线的旅游开发会成熟一点。

>>>> 大千世界桑耶寺 <<<<

山南第一站是在我心目中神圣如大昭寺的桑耶寺。虽然藏教寺庙给我的印象总是如迷宫般容易迷失，但桑耶寺却让我有了完全的改观。这个西藏第一座可供僧人修行的寺庙，不管是从历史还是规划来说，都像神话一般奇幻——连它的名字都是。

桑耶寺又名“存想寺”、“无边寺”，据说当年最初由印

桑耶寺手绘图

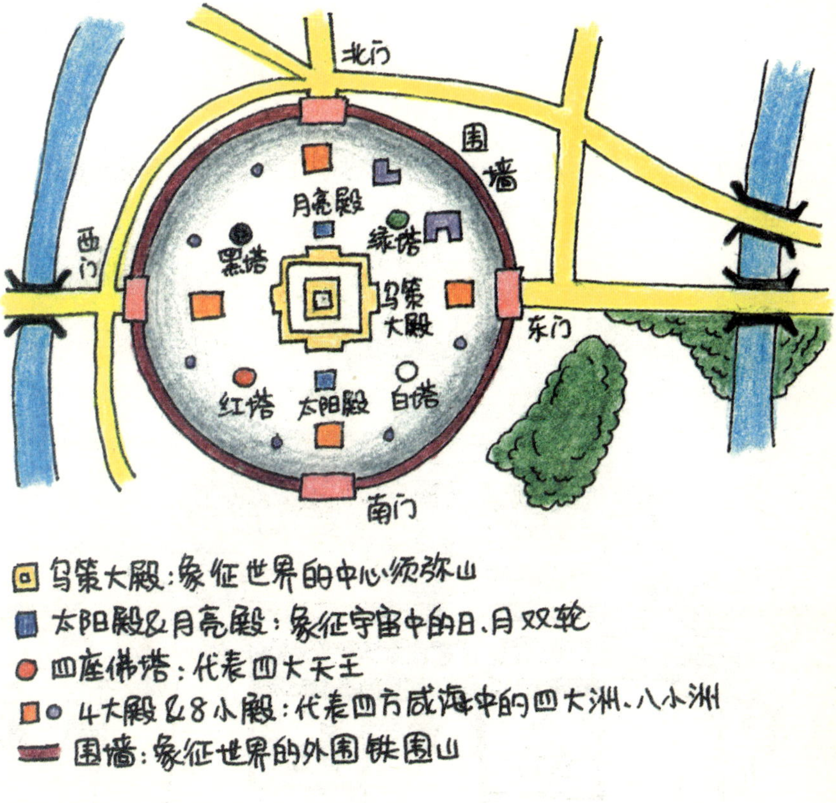

整个桑耶寺是依照“坛城（曼荼罗）”的形式建成的，果真是一个世界啊！

度的寂护大师主持修建，但因为当地妖气太盛而屡建屡垮，最后还是由精通密宗咒术的莲花生建成的。当时赤松德赞急于见到建好的寺庙，莲花生便施展法术，在自己的手心变出了寺院的幻影，赤松德赞见后惊呼：“桑耶”（意为“出乎意料”）！于是该寺得名“桑耶寺”。在桑耶寺，可以看到很多莲花生大师的佛像。

代表世界中心的乌策大殿是由三种建筑风格建成的，首层为藏式风格，第二层为汉式风格，顶层为天竺（印度）

我突发奇想，如果在这座大殿门口大叫“Love”，是不是就是“在世界的中心呼唤爱”了呢?

风格。这样的混搭风，是不是莲花生大师来自印度，佛教由汉地自印度引入，寺庙建于藏地的原因呢？

乌策大殿里面有传说是天然形成的释迦牟尼石像。我在那里许了 3 个愿望，希望总有一天可以实现吧。在大殿首层还见到一块“满愿莲花石”，不知道为什么，我特别相信这块石头。

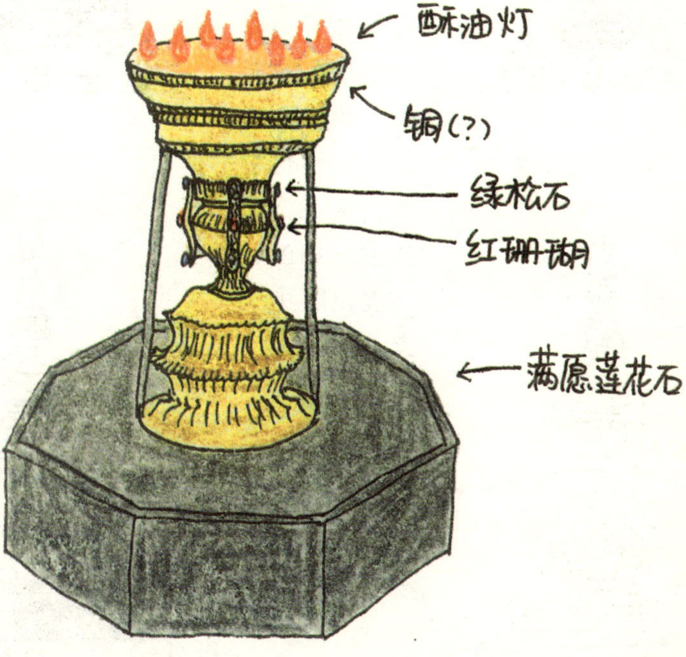

离开“世界中心”，我按桑耶寺的布局，走了一圈这“芸芸众生”。四座颜色各异的佛塔，特别显眼。

有着如尼泊尔佛教寺庙中“天眼”的四座佛塔，分别代表四大天王，以镇服一切凶神邪魔，防止天灾人祸的发生。

>>>>> 绝顶之巅雍布拉康 <<<<<

因为找不到人同行，而意外的泥石流和塌方又阻断了继续前进的路，一心向往的青朴修行地和拉姆拉错都不能去了。只好作罢去泽当。

因为这个疯狂的雨季，连陆路也不通，刚好达成了我想坐渡船的心愿。坐班车到雅鲁藏布江边，然后就改坐船渡江。江水似乎已经漫延到了陆地上，很多树都被淹在水里了，看上去很近的另一岸，居然也摆渡了半天才到岸。

过岸后拦到去泽当的车，在旅馆休养到第二天，坐班车去雍布拉康。雍布拉康是西藏第一座宫殿，高耸挺拔地建在一座山上，很有屹立于世的样子。听说电影《2012》里面最后被淹的那个西藏寺庙，它是最形似的原型。从山脚向上望去，感觉也不无道理。

虽然看起来很高，但爬到山顶也不过20分钟而已。到了山顶，抬头才觉得离天空好近好近。关于这座宫殿，传说是有一日天降神物，落在雍布拉康，但却没人能懂，直到后来才知道是珍贵的佛经，此为西藏第一本佛经，时间还早于松赞干布引佛教入吐蕃的时期呢！

高高在上的雍布拉康

我围着雍布拉康转了一圈，似乎真的很像《2012》里那个寺庙！

宫殿看起来很小，从后面上去还有一条山路，满满的都是经幡。望着山脚下芸芸众生，突然想起《2012》里那个面对世界末日也淡然处之的老喇嘛，心灵好像被洗了一遍。

短暂地思考完不算长的人生，下山打道回拉萨。很可惜，我怀着雄心壮志计划好的山南行最后只去了很小一部分，再次引用“留下遗憾是为了下次再来”的金句——好吧，山南，我会再来，把你走遍。

进军日喀则

虽然说得气势汹汹，但日喀则对我来说只是个入境尼泊尔的途径地。没有去世界第一峰珠穆朗玛，没有去西藏塔王白居寺，一路顺风车加班车，搭到哪玩到哪，走走停停却只为离开。

从拉萨到尼泊尔的路上，其实“景点”也不算少。

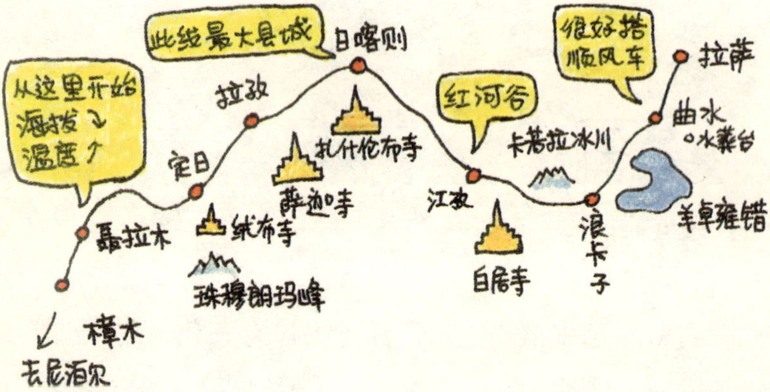

从拉萨到樟木的路上还需重复一次“羊卓雍错路线”，我的方案依旧是坐小巴到曲水，然后开始顺风车。也许因为没有那么多人“聚众搭车”，运气无比好，一路不但有车坐，还遇上各种友善的车主，在景点主动停下来让我下车拍照。

路上经过卡若拉冰川和红河谷。虽然此红河谷非彼《红河谷》，依旧想起那首歌：“要记住红河谷你的故乡，还有那热爱你的姑娘。”

一路搭车到日喀则，在这里最著名的莫过于格鲁派的代言寺——扎什伦布寺了。

只是……寺庙看多了都类似。看过了传说中那个高 30

米的强巴佛，再走几个殿，多数都是班禅的灵塔。据说日喀则是后藏的中心，而班禅在后藏中影响比较深。看来关于活佛的地位问题，不同教派的看法果然不同。

有好几层楼高的强巴佛，也就是弥勒佛，在藏传佛教中是掌管未来的佛。

作为日喀则地区的核心，日喀则颇有大城风范。这一方面让我有机会补给粮食，另一方面也意味着不那么方便搭车了。也罢，第二天一早坐上直达樟木的班车，当是节约时间吧。

一路上，风景从高山草原变成雪山荒岭，在聂拉木的时候又突然仙雾飘飘，雨瀑茂林，因海拔带来的风景变化和温差一样大。

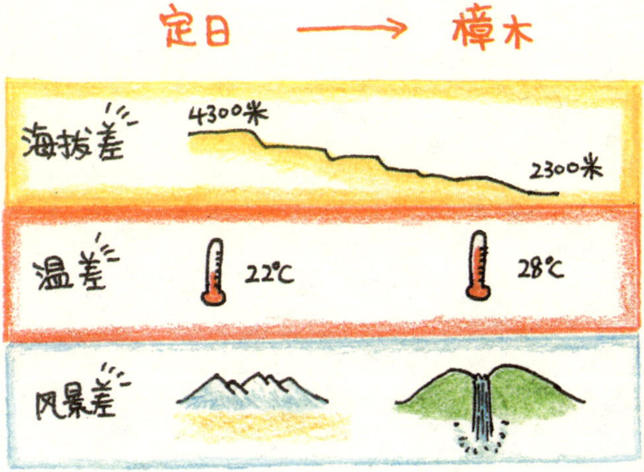

晚上抵达那个弥漫着尼泊尔风情的边境小镇——樟木。依山而建的彩色房子突然让我有了一种舍不得这么快走的念头。不过依照我计划的路线，一个月后反正还能相见——有些离开，就是为了回来。

尼泊尔

NEPAL

作为世界上最贫穷的国家之一，尼泊尔很适合那些既想领略异域风情，又对户外冒险跃跃欲试的穷游人。可以说，旅游业是这个国家最大的经济来源，所以，无论是走马观花的观光客、深度游的背包客还是索性烂在这里的嬉皮士（或者只是疑似嬉皮士），都能在此各取所需。

不知道是因为这个国度本身很神奇，还是因为这是我第一次出国，从始至终我对尼泊尔都保持着前所未有的好奇和兴奋。虽然时有动荡的政局、差劲的卫生条件、充满口音的英语也会令人无语，但在这里转悠了一个月之后，我似乎脱胎换骨得百毒不侵了！

这是一个各种混搭的国家，各种文化、风景、色彩、香味相互碰撞之后像化学反应一样生出奇妙的吸引力。虽然说不出尼泊尔到底有什么好玩的地方，但还正如Lonely Planet所说，许多人在旅游刚刚结束时，就立刻着手准备下一次行程了。

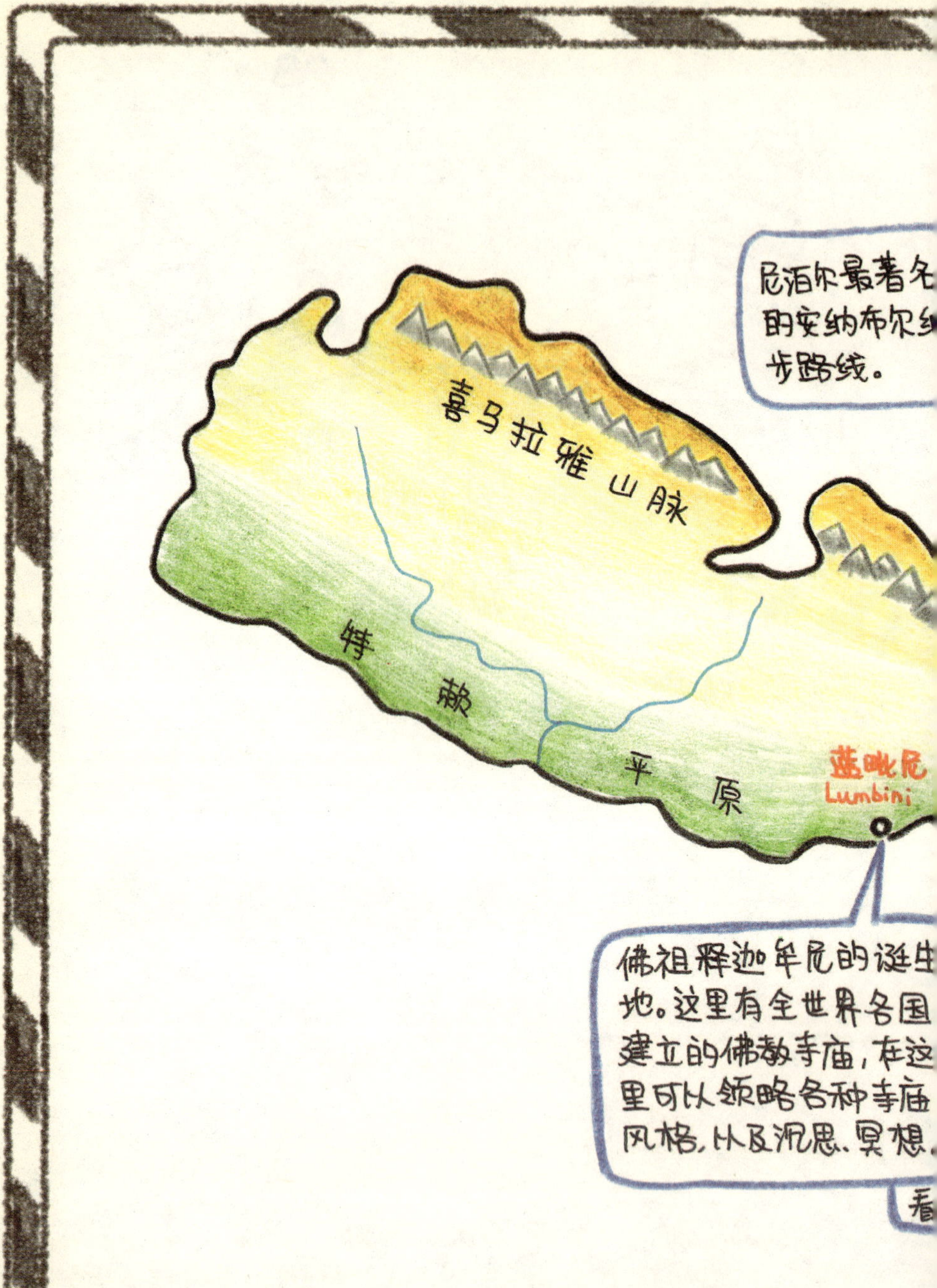

尼泊尔最著名
的安纳布尔纟
步路线。
喜马拉雅山脉
特
赖
平
原
蓝毗尼
Lumbini
佛祖释迦牟尼的诞生
地。这里有全世界各国
建立的佛教寺庙，在这
里可以领略各种寺庙
风格，以及沉思、冥想。
看

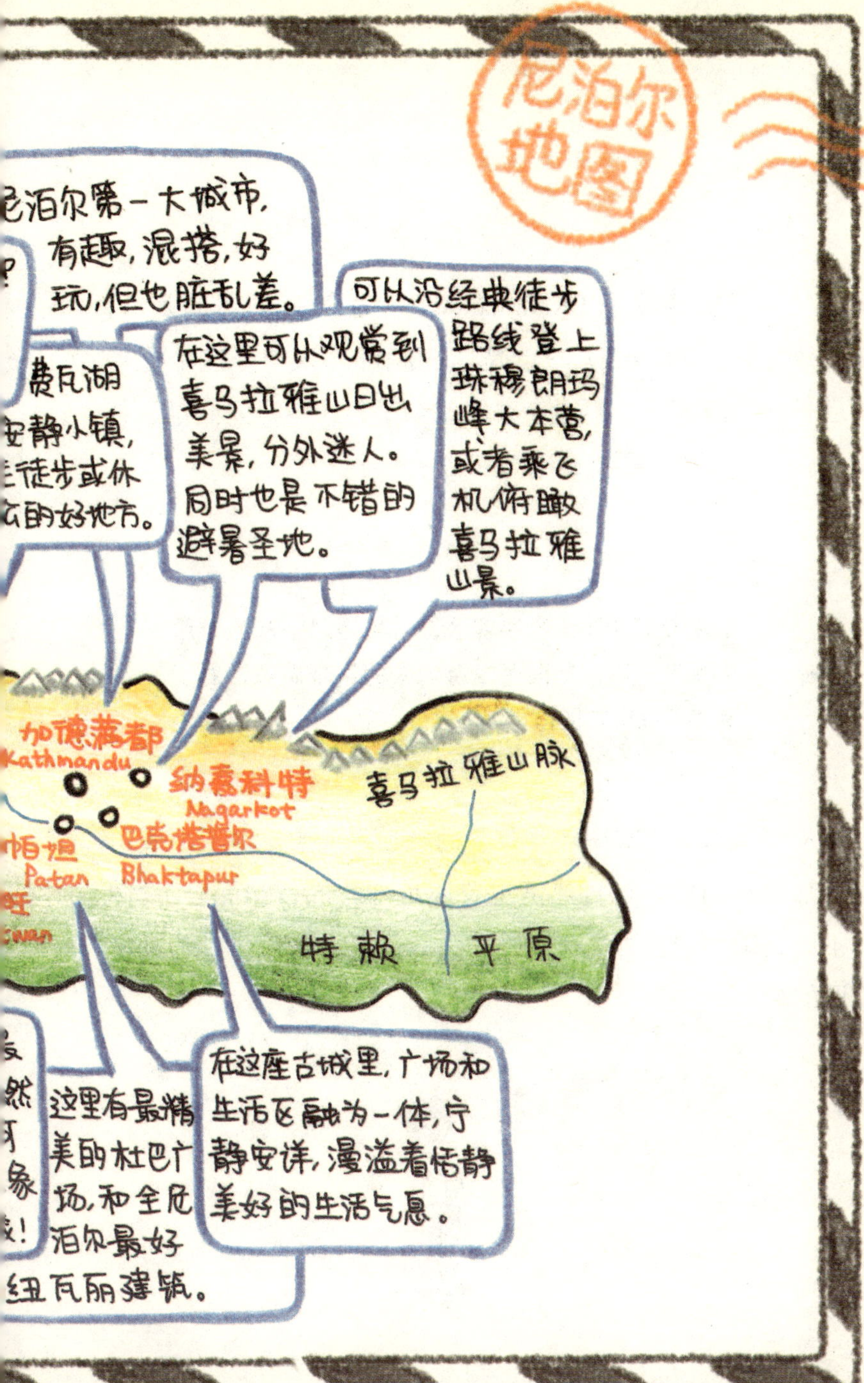

尼泊尔地图
尼泊尔第一大城市，有趣，混搭，好玩，但也脏乱差。
费瓦湖
安静小镇，
徒步或休
的好地方。
在这里可以观赏到喜马拉雅山日出美景，分外迷人。同时也是不错的避暑圣地。
可以沿经典徒步路线登上珠穆朗玛峰大本营，或者乘飞机俯瞰喜马拉雅山景。
加德满都
Kathmandu
纳嘉科特
Nagarkot
帕坦
Patan
巴克塔普尔
Bhaktapur
喜马拉雅山脉
特赖平原
这里有最精美的杜巴广场，和全尼泊尔最好纽瓦丽建筑。
在这座古城里，广场和生活区融为一体，宁静安详，漫溢着恬静美好的生活气息。

Namaste, Nepal!

>>>> 一切 从泰米尔区开始 <<<<

如果说加德满都（Kathmandu）是了解尼泊尔的入口，那泰米尔区（Thamel）一定是加德满都的入口。这个尼泊尔最著名的游客区，不遗余力地混杂了各式各样的商铺、餐厅、旅馆……决心要打造出游客心中的小天堂。

贴士

在城市里开辟一个游客区，将当地风情和旅游服务融为一体，是很多旅游国家的常规做法，对于游客来说也方便很多。

从步入泰米尔的那一刻起，我就深刻感受到了小贩对我的热情（当然，这种热情主要还是冲我的钱包而来）。他们不厌其烦地用各种语言问好，让我简直有种想拜他为师学外语的冲动……

不过泰米尔还真是个多姿多彩的地方！从吃住行等旅游服务，到护肤品、插头转换器等生活用品，只要你需要的，几乎都能在这里找到，是在太适合初来乍到的人了。

贴士

尼泊尔用的插头是圆头的，不过很容易就可以买到转换器，所以不用担心！

而那些琳琅满目的工艺品更是对我的钱包构成了 360° 威胁。尽管价格低廉，还是谋杀了我不少钞票。不过说起来，还真是挺不错的哦，一起来逛逛吧！

鼎鼎大名的印度爱经

造型暧昧的纪念品

彩虹毛线帽

手感超好的Cashmere围巾

购物欲
大爆发

充满印度风味的布艺灯

颜色鲜艳的羊毛毡制品

令人心宁的香薰

有着藏地特色的珠宝首饰

做工精制的民族风包包

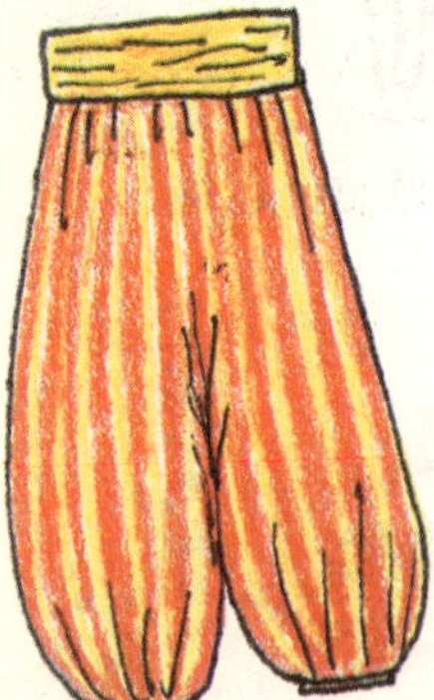

超人气大裆裤（其实不是尼泊尔服装！）

尼泊尔手工纸制品

雕刻了宗教图案的木盒子

Made in India的护肤品（效果还不错哦！）

贴士

购物切忌冲动，时间充裕的话价比三家再下手，价格上，离泰米尔中心越远的地方越便宜，我比较喜欢在洋人街那边购物，嘻嘻~

>>>>> 漫步加都老城 <<<<<

一般来说，游客会直接忽略加德满都老城区之外那个交通拥挤、污染严重的现代社会。也对，毕竟值得闲逛的主要也就集中在老城区了。

在加德满都的日子里，我最喜欢在老城区瞎晃荡，这里如同一个巨型文物博物馆，随处可见古旧的建筑。那些分不清的后街小巷像蜘蛛网一样交织不清，但深入进去总会有意外的惊喜。如果想不受打扰地深入这个国家，就在这里大胆地迷路吧！

加都老城漫步地图

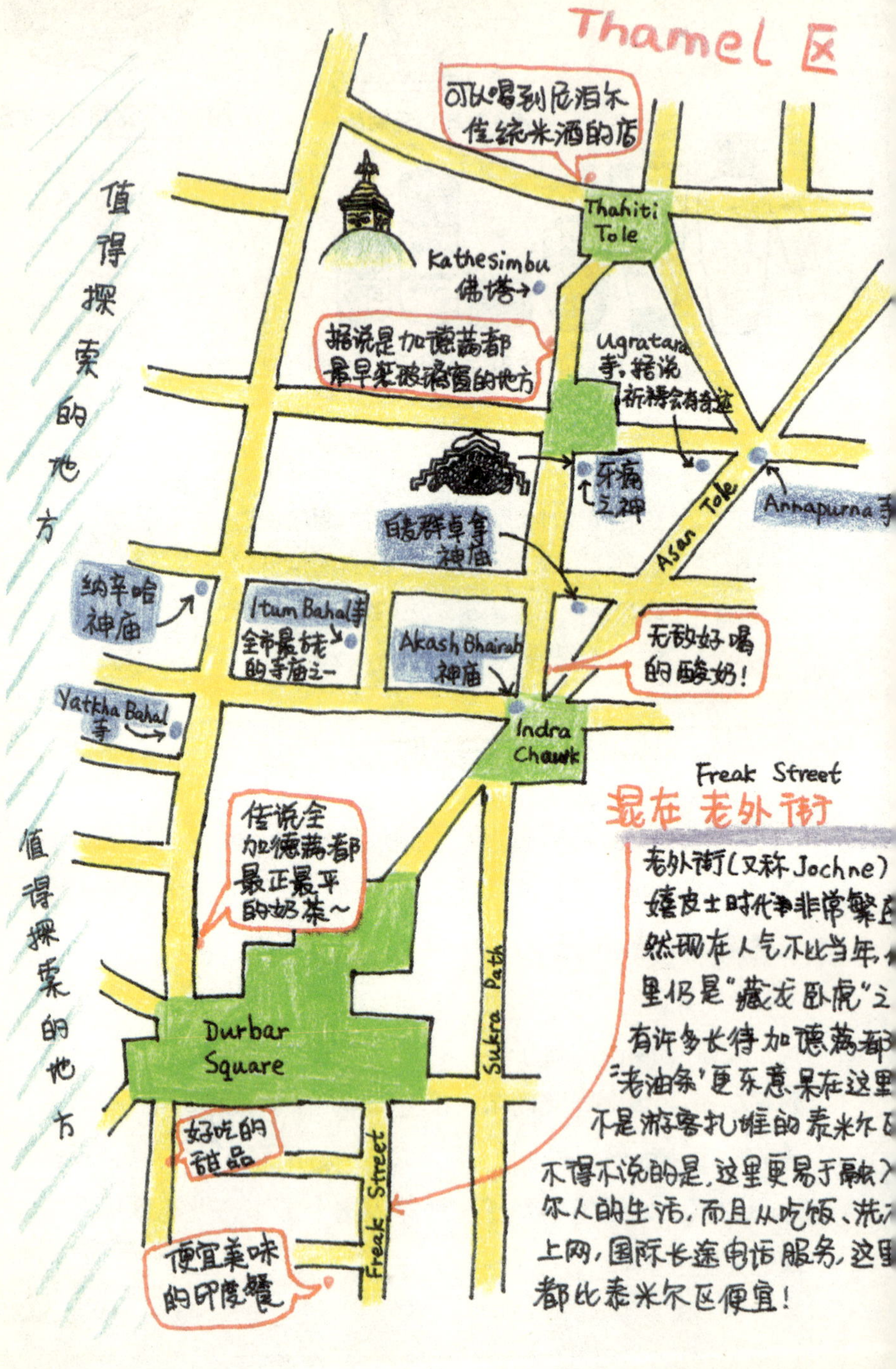

Freak Street

混在老外街

老外街（又称 Jochne）
嬉皮士时代曾非常繁
然现在人气不比当年，
里仍是"藏龙卧虎"之
有许多长待加德满都
'老油条'更乐意呆在这里
不是游客扎堆的泰米尔区
不得不说的是，这里更易于融入
尔人的生活，而且从吃饭、洗
上网，国际长途电话服务，这里
都比泰米尔区便宜！

最炫异国风

如果想快速开始在异国的旅行，就很有必要先好好认识这个国家，并接受这里与自己之间存在的“代沟”。在尼泊尔待了一个月的我（居然没有去徒步！），算是充分感受到了这里堪称奇葩的异国风情。

>>>>> 1种车和10个字 <<<<<

刚到尼泊尔时，最让我感兴趣的是被打扮得花枝招展的 TaTa 车和车牌上奇怪的数字。在习惯了阿拉伯数字之后在这里还真有点不习惯——以至于在很长一段时间里，我都会把“1”和“9”混淆……

熟悉这几个数字还是很有必要的，特别是花钱的时候。

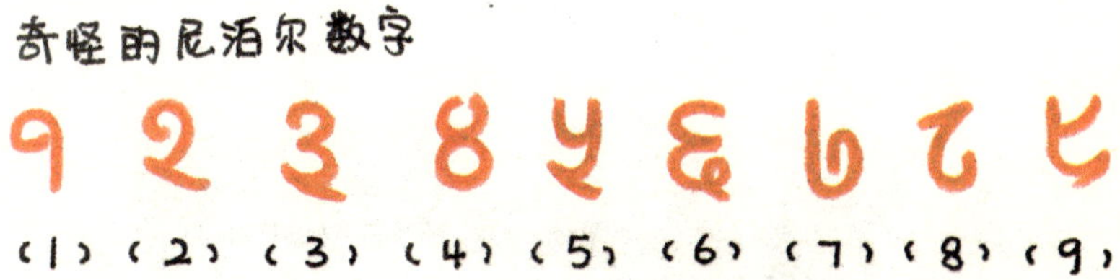

在这里，即使是由大男人开的大卡车，也往往被打扮得像个女人一样花里胡哨。

>>>>> 习惯脏乱差 <<<<<

妄想在尼泊尔小资优雅一番的人，大概首先会被加德满都的脏乱差吓一跳。撇开每天固定一小时的“停电节目”不说，随处可见的大型垃圾堆、在马路上悠闲散步的黄牛和一不小心就会收获的鸽子粪，总能让人汗颜。

贴士

尼泊尔经常停电，好在泰米尔区许多旅馆都有自己的发电机。但如果在山区还是需要自备手电！

上厕所大概是更大的困扰，特别是如果你没带纸巾……

贴士

和印度人一样，尼泊尔人在厕所问题上一样使用“手洗模式”。由于大家都用左手洗屁屁（左手被认为不洁），所以吃饭和递东西请记得使用右手哦。

网上流行的“印度厕所使用图解”大概可以解释这个原因。

>>>>> 舌尖上的尼泊尔 <<<<<

虽然加德满都因为众多游客的缘故集合了世界各种美食，但尼泊尔的本土特色，还是不可不尝的。很庆幸我有一个包容且不那么脆弱的胃（不过肠胃再强大也不要喝当地的生水！），让我可以尝试当地餐馆和路边小摊，也省了不少银子哦！

贴士

1. 尼泊尔许多餐厅都会收取一定税费，在用餐前最好先了解一下。不过当地餐馆似乎就可以幸免于难。

2. 虽然西餐便宜，不要指望有好吃的牛扒。因为这里奉黄牛为神，能吃到的只有硬邦邦的水牛肉。

Newari Food 纽瓦丽餐

Chura 米粉做的片片，可代替米饭

Aloo Tareko 孜然等香料炸的土豆

Choyla 烤水牛肉

Sekuwa 纽瓦丽烤肉

Chatamari 加了蛋或肉的米饼，称为"纽瓦丽比萨"

Daal Bhat 扁豆汤饭

Tongba 尼泊尔米酒

在一个大竹筒里装满发酵的紫红色小米，将开水倒进去，然后喝里面泡过小米的米酒。

用吸管喝，感觉很好玩！

各 种 饼

Naan

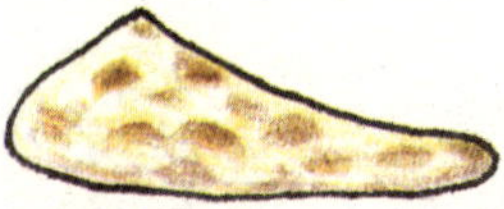

三角形烤饼，可以有很多种口味，香软可口，超好吃，而且很便宜！

Roti

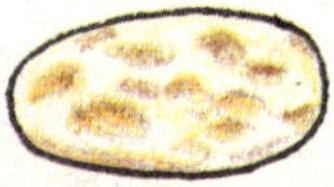

类似 Naan 的圆形烤饼，没那么多可供选择的口味。

Paratha

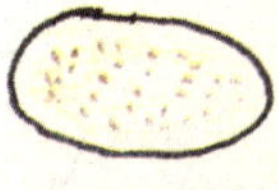

圆形的脆饼，有点类似鸡蛋脆饼吧。

MOMO 藏式饺子

Thugpa & Thentuk 藏面

Samosa 印式咖喱角

里面是浓烈的咖喱馅料

小店里的冰棍

有许多口味可供选择

甜品店里的各种甜点

RASMALAI

HALWA (?)

口感奇妙的"泥泥"，计量购买。是我离开尼泊尔之后最怀念的美味之一。

KHUWA-PEDDA

蛋糕和牛奶糖的奇异融合口感

CHOCOLATE BARFI

口感有点像芝士蛋糕

DRY FRUITS LADDU

果仁球，有点腻。

街头小吃：土豆球（?）

在街头很容易看到的一种小吃，不过不知道叫什么呢？倒是很便宜呢！

街头小吃：尼泊尔炒米

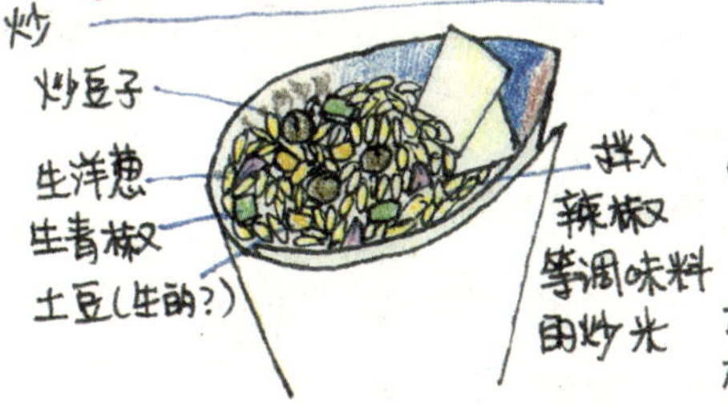

街头饮料：波子汽水

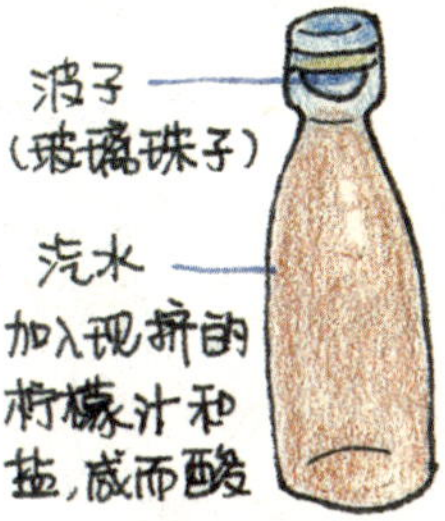

由英国人发明的传统的波子汽水很好地在尼泊尔保存了下来。喝的时候需要把波子推进瓶中。

街头小吃：尼泊尔槟榔

如果你看到一个尼泊尔人吐出一堆红色的什么，不必惊慌，他可能刚吃了尼泊尔槟榔。由一片不明叶子包住一堆不明物的诡异小吃，说实话我还真不敢尝试。

Masala Tea 香料奶茶

如果你迷上 Masala Tea 的味道，大可以买到配好的茶叶回国煮了喝，不过如果不嫌麻烦，完全可以自己动手！

一般是鲜牛奶+红茶+各种香料煮成，回味无穷啊！

一起来做 Masala Tea

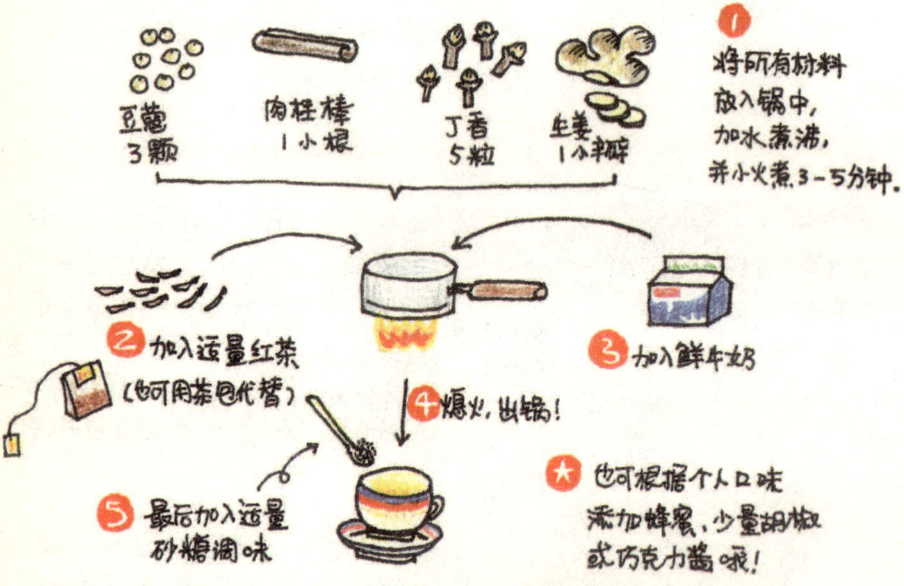

贴士 每晚8、9点之后，许多面包房都有半价，价格低廉，很适合当早餐。但我始终觉得蛋糕口感一般。

不可不知印度教

被称为“寺庙之城”的加德满都，每一处古迹都有它的传说。如果不想看得稀里糊涂，那就来了解一下印度教吧。

泰国著名的四面佛就是他哦！

众神之首

大梵天 Brahma

创造宇宙的神，在印度和尼泊尔都比较少见。

有一只大鸟或狮身人在前面跪拜的，就是他的神殿啦！

守护之神

毗湿奴 Vishnu

在尼泊尔通常显现为他的睡相纳拉扬（Narayan），他有十个化身。坐骑为半人半鸟的迦卢荼（Garuda）。

化身：

半人半狮的纳辛哈（Narsingha）

牧牛人克利须那（Krishna）

毁灭 & 重建之神

湿婆 Shiva

湿婆是拥有三只眼，手持三叉戟，头顶新月，以公牛南迪（Nandi）为坐骑，是尼泊尔最重要的神。

平静化身：动物之神帕斯帕提（Pashupati）

恐怖化身：巴伊拉布（Bharirab）

湿婆的配偶

帕尔瓦蒂 Parvati

恐怖化身：卡利（Kali）& 杜加 (Durga）

幸运 & 智慧之神

象神 Ganesh

象神为湿婆之子，之所以长了一个象头，是因为湿婆外游回来后，发现妻子和一个年轻男子躺在床上，不由分说就砍下他的头，后来才知道那是长大成人的儿子。帕尔瓦蒂要求湿婆救回儿子，湿婆就把一个象头接上，成为象神……

猴神

哈奴曼 Hanuman

英勇善战的猴神。在很多宫殿门口都放置了他的雕像以保平安。

有人认为哈奴曼是孙悟空的原型呢！

雨神

因陀罗 Indra

加德满都山谷守护女神：

塔蕾珠 Taleju

在众多关于库玛丽活女神的传说中，有一个说法称库玛丽为塔蕾珠的化身。

一个尼泊尔，三个杜巴广场

“杜巴”意为“王宫”，杜巴广场（Durbar Square）就是围绕着王宫的广场。因为整个加德满都山谷曾被三个王国独占一方，所以这里总共有三个杜巴广场，彼此相距很近，却各具特色。

>>>> 加德满都（Kathmandu）：最繁华的杜巴广场 <<<<

在很长一段时间里，从泰米尔区悠闲地溜达到杜巴广场成为了我每天必做的功课。这个被认为是加德满都古城传统中心的地方，每天都聚集了很多无所事事的人（和动物），好像在比赛谁更闲。

杜巴广场挺小，来过几次以后，我对这里已经逐渐耳熟能详了——尽管第一次当我捧着 LP 对照那些寺庙一个个看的时候，还是会犯迷糊。

不管是第一次来还是第十次来，杜巴广场总有值得去看的东西。

第一次看到这里的寺庙，彻底颠覆了我对“寺庙”的理解。

手绘杜巴广场

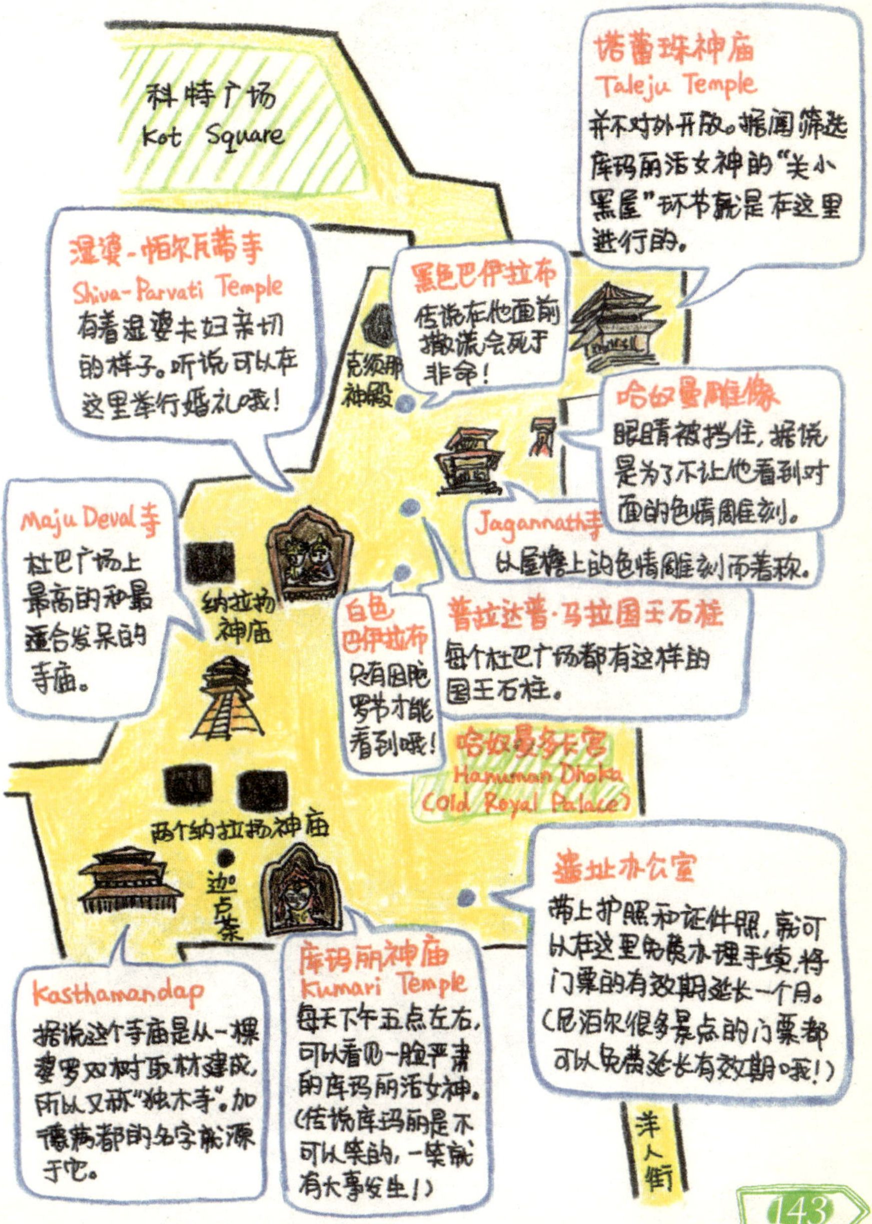

科特广场
Kot Square
诺蕾珠神庙
Taleju Temple
并不对外开放。据闻筛选库玛丽活女神的“关小黑屋”环节就是在这里进行的。
湿婆-帕尔瓦蒂寺
Shiva-Parvati Temple
有着湿婆夫妇亲切的样子。听说可以在这里举行婚礼哦！
黑色巴伊拉布
传说在他面前撒谎会死于非命！
克须那神殿
哈奴曼雕像
眼睛被挡住，据说是为了不让他看到对面的色情雕刻。
Jagannath寺
以屋檐上的色情雕刻而著称。
Maju Deval寺
杜巴广场上最高的和最适合发呆的寺庙。
纳拉扬神庙
白色巴伊拉布
只有因陀罗节才能看到哦！
普拉达普·马拉国王石柱
每个杜巴广场都有这样的国王石柱。
哈奴曼多卡宫
Hanuman Dhoka
(Old Royal Palace)
两个纳拉扬神庙
迦卢荼
遗址办公室
带上护照和证件照，就可以在这里免费办理手续，将门票的有效期延长一个月。(尼泊尔很多景点的门票都可以免费延长有效期哦！)
Kasthamandap
据说这个寺庙是从一棵婆罗双树取材建成，所以又称“独木寺”。加德满都的名字就源于它。
库玛丽神庙
Kumari Temple
每天下午五点左右，可以看见一脸严肃的库玛丽活女神。(传说库玛丽是不可以笑的，一笑就有大事发生！)
洋人街

有牛！有鸽子！有人乱写乱画！这真的是世界文化遗产嘛？？

色情寺庙 Jagannath 寺上面有一些很露骨的色情雕刻。

湿婆－帕尔瓦蒂寺（Shiva-Parvati Temple）：听说在这里也可以举行婚礼的噢！

帕坦（Patan）：最精美的杜巴广场

在加德满都市区之外的两个杜巴广场中，帕坦是相对更近的一个。上午慢悠悠地吃过早餐，溜达到车站坐个十几个卢比的公车，就到帕坦了。这里离加德满都仅一河之隔，曾被称为美丽之城。

公车的终点正是步行的起点。从帕坦大门开始，沿着LP上那条“迷人的徒步路线”，不久就可以到杜巴广场。沿途有不少古旧的寺庙，被刷得五颜六色的房子也挺值得一看。

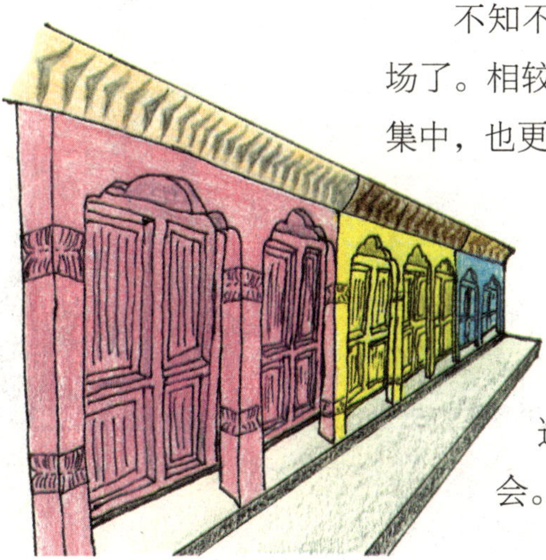

不知不觉中，就逛到杜巴广场了。相较而言，这里的寺庙更集中，也更精致。

作为一个真心来尼泊尔体验异域风情的人，我当然不会放过了解这个国家的机会。杜巴广场拥有的帕坦博物馆被认为是南亚次大陆最好的博物馆，除了精美的工艺品和照片，在这里还可以了解到许多关于这个国家的东西。

帕坦博物馆位于一字排开的寺庙的正对面。

不知道是不是因为我只给了自己一天的时间来了解帕坦，这个地方给我的整体感觉似乎没有太多出彩的地方。离开这座精致的杜巴广场，我又保持着慢吞吞的步伐，继续回加德满都做我的懒骨头。

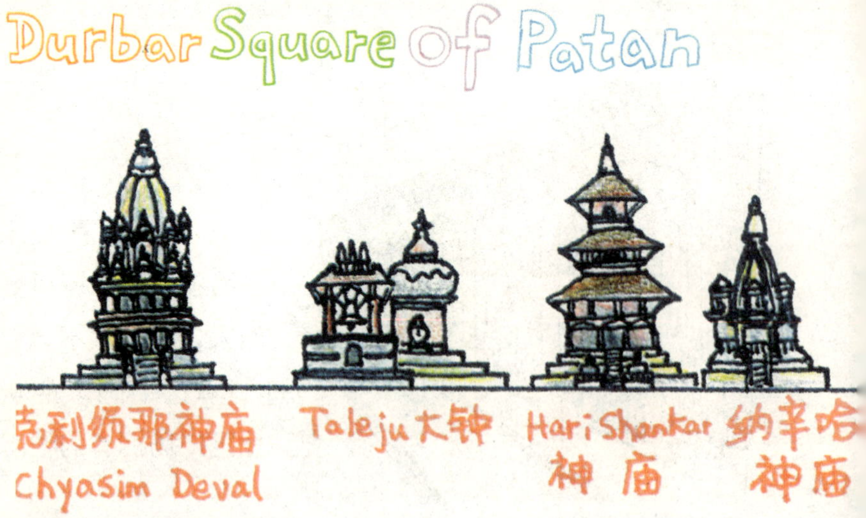

巴克塔普尔（Bhaktapur）：最风情的杜巴广场

在加德满都山谷的三个杜巴广场中，我最爱的是巴克塔普尔的这个。当然，也许我爱的是整个巴克塔普尔的古城吧，这里很大，大到我呆了三天还嫌看不够……

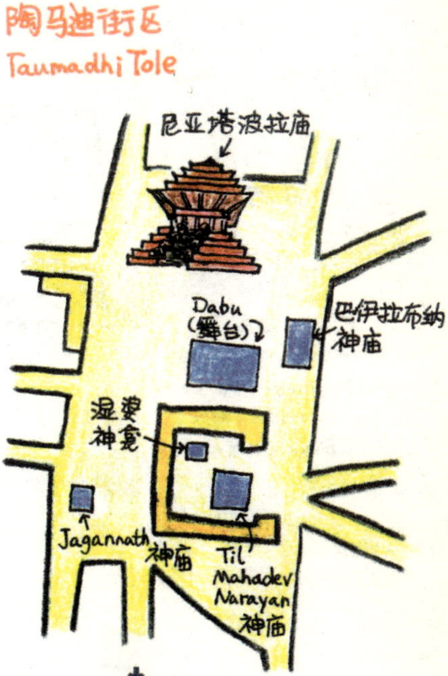

巴克塔普尔又叫巴德岗（Bhadgaon），古城内有杜巴广场、Taumadhi 广场和塔丘帕街旧城广场（Tachupal Tole）3 个广场，连接彼此的是错综复杂

的小巷和本地人的生活区。古老的广场和生活区完美地融合在一起，徜徉其中，很容易有种穿越时空的错觉。

杜巴广场 Durbar Square

塔丘帕街旧城广场 Tachupal Tole

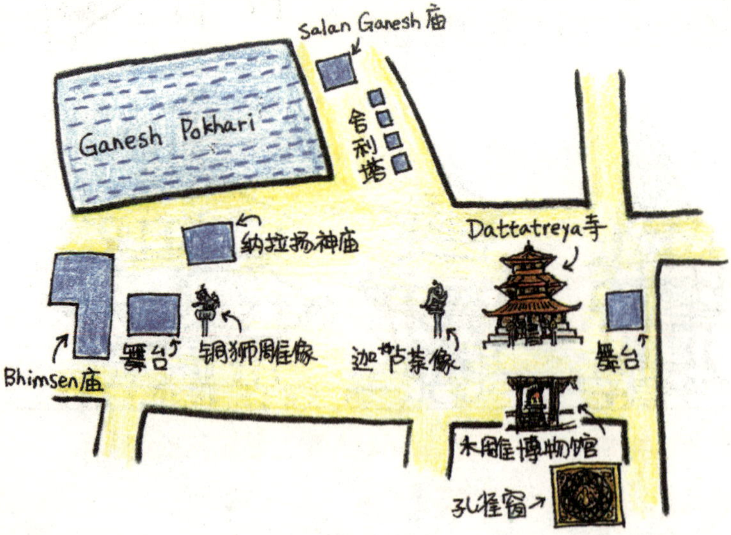

广场之外的生活区，是我最乐意去发掘的地方。在这些慢悠悠的时光里，很容易和当地人亲切微笑地撞个满怀。

晚上停电的时候，可以看到人们出来演奏传统乐器，作为茶余饭后的余兴节目。

巴克塔普尔以陶器著称。在陶工广场可以遇到许多制陶的人。

陶器定型之后，放在太阳底下晾干成型。

猴庙：混搭的印度教和佛教

发音听起来有点像中文的“水母”的猴庙（Swayambhunath），是加德满都山谷中值得一去的寺庙。只是，当我去完猴庙，我最想问的一个问题是，尼泊尔人到底是信印度教还是佛教呢？答案是，他们似乎都信——看，这就是尼泊尔，一个连宗教信仰都可以混搭的国家。

猴庙大概就是印度教与佛教混搭的典型了。寺庙在离泰米尔区不算太远的一座山上，在山下就已经看到阶梯两旁的转经筒了，佛像有时在路边，有时在中间，混着一些尼泊尔

猴庙观光地图

① 猴庙佛塔
② Pratapura Shikhara
③ Anantapura Shikhara
④ Vasupura
⑤ 佛教博物馆
⑥ 朝圣者避雨处 & Dongak Chöling Gomp
⑦ Hariti (Ajima) 神庙
⑧ Gompa
⑨ Shantipura Building

有趣的是，这里还藏有代表几大元素的象征符号。

- Dorje (雷电的象征)
- Nagpura (水的象征)
- Vasupura (土的象征)
- Vayupura (气的象征)
- Agnipura (水的象征) 火的象征
- Shantipura (天空的象征)

风格的佛塔和雕像，随意得像西藏的寺庙布局一样。

寺庙建在山顶。画有天眼的巨型白色佛塔、藏传佛教的寺庙、印度教寺庙、大小风格各异的佛塔、佛龛和雕像，以及许多活泼的猴子，满满地散布在山顶的平地之上，誓要把混搭进行到底。

顾名思义，猴庙不乏猴子。

在这里最具有标志性的莫过于那一座拥有“天眼”的大白塔。环绕塔底的一圈转经筒似乎在告诉人们其实这是一个藏传佛教寺庙，只是因为身在尼泊尔，难免会混杂各种印度教的东西。

解读天眼

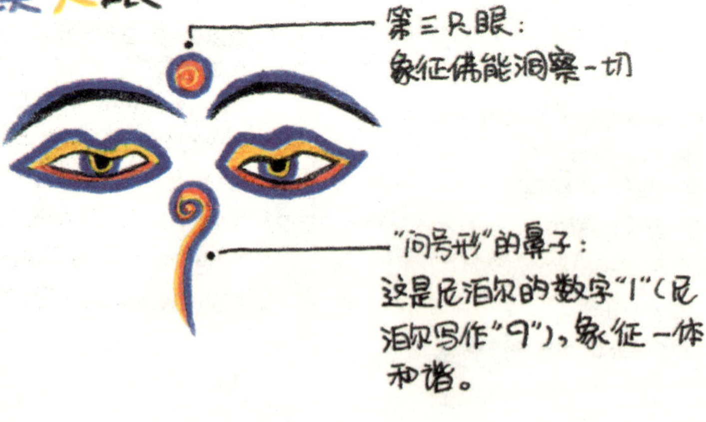

无论如何，这里的确既有佛教寺庙，也有印度教寺庙。对于对宗教怀有包容之心的尼泊尔人，刚好可以一次把两边的佛都拜了。

佛教 VS 印度教

印度教：纽瓦丽人用来祭拜的Puja Thali，很常见。

佛教：在尼泊尔的释迦牟尼佛，装束也更符合本地特色了。

宗教之外的猴庙，也是个可以俯瞰整个加德满都的制高点。本来有打算找个一傍晚上山，看一眼不发达国家的夜景是如何灯火璀璨，结果还是留下了遗憾，这是暗示我还需要再一次的旅行吗？

重口味的帕斯帕提纳

帕斯帕提纳神庙（Pashupatinath）的名字得自湿婆神的平静化身之一动物之神 Pashupati，是尼泊尔最重要的印度教神庙，也是著名的“烧尸庙”——虽然我很不喜欢这样来称呼它。

由于是印度教神庙，这里许多寺庙对非印度教徒并不开放，能参观的也就只有巴格马蒂河（Bagmati River）岸的火葬仪式、佛塔和为数不多的建筑了。

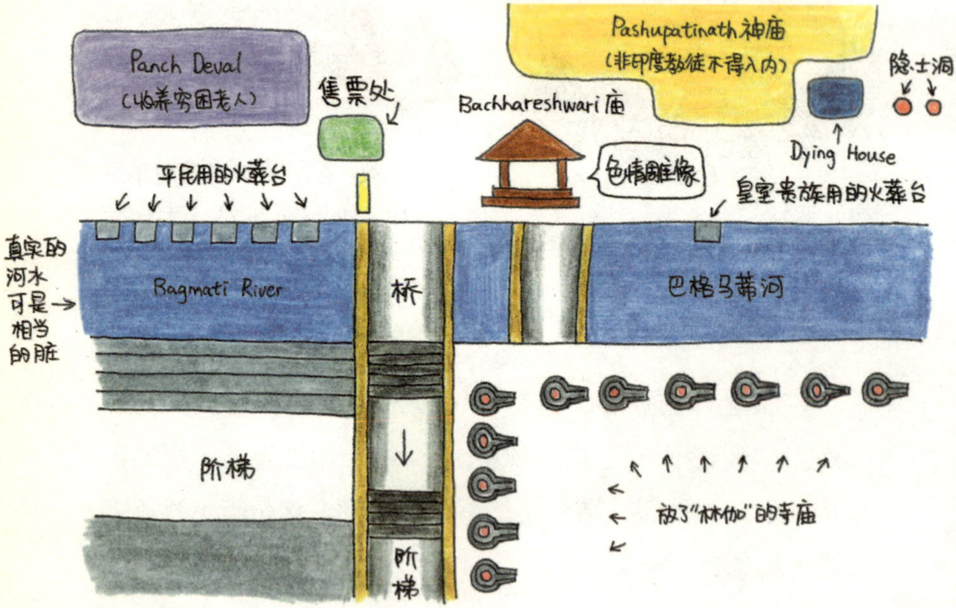

尼泊尔和印度一样，保留着火葬的习俗。有时候觉得一个逝去的生命就这样被处理掉似乎有点草率，不过宗教导致的观念差异，其实也是可以理解的吧。

尽管污染严重，巴格马蒂河作为尼泊尔圣河的地位依旧存在，于是这里也就成了举行火葬仪式的流行地。尼泊尔人相信，河水会带着死者的灵魂去到恒河，进入天堂（对于这种仪式，同样需要保持尊重啊）。

在巴格马蒂河岸的坡地上，有 11 个小佛塔，和帕斯帕提纳神庙隔河相望。这里面有着象征湿婆创造力的林伽，也体现了印度教中的生殖崇拜（话说印度教中的生殖崇拜还真是令人咋舌呢）。

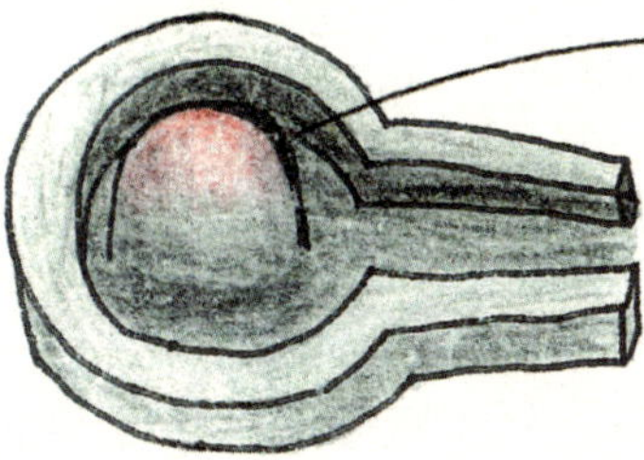

而沿着巴格马蒂河向上游走，就可以看到许多个隐士洞，这里住着许多为宗教信仰近乎歇斯底里的苦行僧。

曾经听说过许多苦行僧的传说，比如修炼举手 30 年、在炭火上坐 40 年……他们放弃一切物质，隐居在山洞森林，靠草叶、树根与植物为生，那种意志，简直让人震撼！

贴士

Guhyeswari 寺的传说

Guhyeswari 寺必定是迄今为止最让我震惊的寺庙，它的意思为女神阴道寺庙。传说是湿婆神受到岳父的侮辱，帕尔瓦蒂一气之下投火自焚（这种行为最后演化成妻子在丈夫葬礼上自杀殉夫的陋习），悲伤的湿婆抱着妻子的尸体漫无目的地走着，尸体分解开来，她的阴道就掉在这里变成寺庙。

火葬仪式、生殖崇拜、苦行僧、女神阴道寺庙……一天之内，我在帕斯帕提纳神庙接受了太多让我感到惊讶的信息，简直有点负荷不过来。不过在了解和慢慢接受印度教的文化之后，大概会有利于我一直梦想的印度之旅吧！

因陀罗节：和活女神一起狂欢

长达 8 天的因陀罗节（Indra Jatra）是向雨神因陀罗祈求丰收的节日。但很明显大家的焦点更多地集中在了库玛丽女神身上，因为在这几天，很少外出露面的活女神将坐上花车，一展真容。

>>>>> 与库玛丽擦肩而过 <<<<<

节日的第一天，我风尘仆仆地赶到杜巴广场，当时离库玛丽女神坐大木车出现还有至少两三个小时，但这里已经被看热闹的人塞得满满当当了，那架势和西藏雪顿节看晒佛的场面有得一拼啊！

华丽丽的大木车已准备就绪

今天是个特别的日子，连平时挡起来的白巴伊拉布也露出庐山真面目了。据说遮挡他的护栏一年只开放一次，为期三天哦！

白巴伊拉布嘴中的水管将喷出啤酒，喝到的人都会有好运。而谁得到啤酒中混入的那条金鱼，更会走运一整年！

寺庙按规定分配给不同的人的：库玛丽神庙前最好的位置给了记者，游客则被安置在湿婆—帕尔瓦蒂寺前。维持现

原来尼泊尔有这么多种制服！而且看起来都挺帅气的。

场秩序的是当地警察，夹杂着其他不知道什么职责的人，总之各种制服都齐齐出动了！

接着看到有个头戴面具的“妖怪”追着一个小男孩跑，小男孩看起来好像真的很害怕呢。听说传说中这个妖怪经常捉小孩，如果在演这个传说的时候小男孩没被抓住，就代表小孩都不会被抓了。接下来还有其他各种仪式，看得我一头雾水。

库玛丽活女神，总是画着很夸张的妆容。

然后，不知道什么时候，居然发现女神就已经坐着木车远去了……欲哭无泪啊，还以为那个“For Tourists”的是什么好位置，结果原来什么都看不到！不过有人安慰我说，7天以后还有机会……在最后一天我果然如愿以偿，看到了那个一脸严肃的库玛丽活女神。

贴士

关于库玛丽活女神，流传着各种各样的民间传说，但可以肯定的是，每一个活女神都是通过近乎苛刻的程序挑选出来的。选定的活女神将住在库玛丽女神庙（只能在二、三楼活动），一直到成人后还俗，但往往因为人们认为娶女神不吉利而很难嫁出去。其实还是做个平凡人比较幸福啊！

>>>>> 一起玩才是正经事 <<<<<

其实看女神本来就只是凑热闹，能认识有趣的人，一起玩才是正经事。在湿婆和帕尔瓦蒂雕像下的“游客大看台”，我认识和再认识了许多人。

酷爱和中国人搭讪的 Seadna 是个爱尔兰帅哥。在成都待了 5 年，被熏陶成一个标准的文艺青年，听左小祖咒，穿老北京布鞋。以至于我问他要联系方式的时候他居然问我，“你上豆瓣么？”

来自美国的 Michael 是一个很有魅力的老男人。他是几十年前涌入加德满都的众多嬉皮士中的一员，后来在世界各国游荡，曾有过一个日本老婆（“做了两次，生了两个女儿”——他是这么说的），多年的阅历让他风趣幽默得极具杀伤力。

用一个日本姑娘的话说，小五是个“Mapman”。有他在的时候我连 LP 也不用带了。印象中他最爱的是看美女和喝啤酒。和小五的奇遇在于我们在尼泊尔一路同行到蓝毗尼分道扬镳之后，在老挝再次相遇，虽说早有预谋，也不得不让我感慨世界真奇妙。

我的旧同事，辞职来旅行，和我在尼泊尔有一段同行的旅途。

英文不太好的日本人，因为 Michael 会说日文，所以整天和他混一块儿。

通过 Seadna 认识的尼泊尔人，后来还带我去买了便宜优质的手织围巾哦！

在一个餐厅搭讪认识的两个姐姐，居然几次都偶遇到了！

雪山下的纳嘉科特

所谓的 Lookout Tower，原来只是个很不起眼的小塔……

纳嘉科特（Nagarkot）是我此次尼泊尔行中唯一为风景而去的地方。不知道是因为对人文风情审美疲劳了，还是这里本身就很美，我在这里，看到了此行最美的尼泊尔。

清晨出发，带着头灯，踩着月光，沿着很容易走错的山路，经过近在脚下的壮阔云海，最后终于到了 Lookout Tower……这里是个视野不够开阔的“观景台”，不过总算可以看见连绵的喜马拉雅山——像一大块冰激凌一样飘浮在云海上，而云下就是雾色中的山谷和小屋。天上和人间，尽此一望中。

下山走走，路边的小屋里有人在做各种手工艺面具。作为一个手工爱好者，我对这种传统手工艺特别有兴趣。我想，以后如果可以环游世界，我要以两个主题进行：一是吃遍世界美食，二是看遍（顺便学）世界手工艺。

各式各样的面具

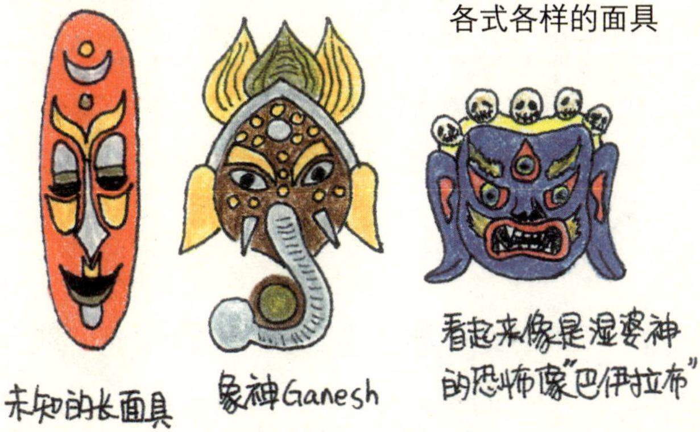

不过说到光线，还是夕阳西下时才好到无敌。在高处看余晖洒落在脚下的山谷，好像自己真的是那个在雪山下窥视人间的仙人，山坡上是放风筝的孩子们。听说，在尼泊尔放风筝很不一样！在中国大家是比赛谁的风筝放得最高，而在这里却是一场风筝间的战斗，大家都试图隔断对手的风筝线，以击落他们的风筝。

虽然一般来说纳嘉科特不过是许多人途径的落脚点，但我却深深觉得，在此多待几晚也无妨。走过这么远，这是第一个我很有冲动带家人来度假的地方——再见纳嘉科特，总会再见的。

博卡拉的湖与山

比起加德满都，博卡拉（Pokhara）似乎想努力和“脏乱差”撇清关系，看起来又安静又干净。但是这个尼泊尔最负盛名的风景地，却被我和小五一致认为，若不是来参加户外项目，大概还是比较适合情侣游玩。

>>>> 湖 <<<<

经过一天的长途跋涉，终于从加德满都到了博卡拉。可是……传说中美好的费瓦湖（Phewa Tal），和我想象中的还真是有点不一样呢！

我原以为费瓦湖是从客栈就可以望见的视野开阔的湖。但事实上，虽然这里葱葱郁郁不乏秀美，却不够大气。

沿着湖边走下去，才终于到了我比较向往的，可以亲近湖的岸边。只是费瓦湖的水依旧摆脱不了尼泊尔一贯以来深受污染的“传统”，所以只能远观，不得近玩。

另一种亲近湖的方式就是这里很流行的划船项目，不过我倒是认为，那些五颜六色的木船本身更具观赏价值。

晚上，我们以爱国的名义去庆祝今天的国庆节，腐败吃牛扒大餐——虽然依旧硬邦邦。当然，在尼泊尔怎么能指望吃到好吃的牛扒呢？此时此刻，身在异国，我特别想念中国菜了。

>>>> 山 <<<<

博卡拉因为可以清晰地看到众多喜马拉雅山巅吸引了不少游客前往。而最适合远眺山色的，除了略远的萨朗科，大概就是世界和平塔（World Peace Pagoda）了。在这里，每个山峰都有两个影像：地上一个，水里一个。

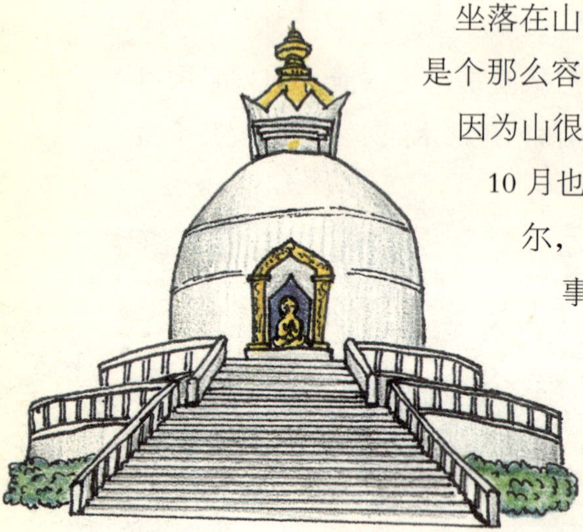

坐落在山上的世界和平塔也不是个那么容易去的地方——不是因为山很高，而是因为在即使10月也依旧炎热暴晒的尼泊尔，爬山变成了一个苦差事。当汗水流了几遍，脚下的城市越来越小，那个白得耀眼的塔终于出现了。

世界和平塔是日本山妙法寺（Nipponzan Myohoji）建立的广布大乘佛教的据地，在世界上有100座之多。塔前这个捐款箱，有着浓浓的日本味，只是为什么捐助写成“贱净”？

世界和平塔的四面墙壁上，分别是释迦摩尼佛一生四个阶段的雕像。

释迦牟尼在尼泊尔蓝毗尼的无忧树下诞生。

释迦牟尼在菩提迦耶的菩提树下顿悟成佛。

释迦牟尼在鹿野苑说法，初转法轮。

释迦牟尼在拘尸那迦城涅槃。

可惜原本应该出现一排惊艳的喜马拉雅山脉的位置被云层替代了，看雪山从来都是一个讲运气的事。人算不如天算，只好沿着一条美好的山路打道回府。

回去经过本地人的村庄，看到有人在玩一个尼泊尔很流行的游戏——Carom。这也被称为“手指斯诺克”，需要双方通过“弹指神功”用一些圆片将桌上的另外一些圆片撞进死角。

可惜今天还是没有在山顶看到最期待的雪山山脉。直到第二天早上去坐蓝毗尼的车，等车的时候无意回头，看见晨光下那一座鱼尾峰带来的惊艳，大概是博卡拉在我离别时留给我最后的美。

在蓝毗尼，与佛同在

蓝毗尼(Lumbini)大概是尼泊尔唯一不受印度教“干扰”，纯粹地体现佛教文化的地方。这里如同一个巨型的佛教寺庙群落，汇聚了来自世界各地的佛教寺庙，遗世独立，很适合清修。

去蓝毗尼要在派勒瓦（Bhairawa）转车，这一次，我终于如愿以偿坐到了车顶的位置。又新鲜又刺激的滋味，混杂着一路和当地居民招手说着“Namaste”的热情，让我很激动哇！

>>>>> 心的修养地 <<<<<

到达蓝毗尼公园的时候已经天黑，我们去了据说是这里唯一还收容游客的寺庙——韩国寺。虽然到达的时候已经过了晚饭时间，寺庙还是为我们提供了晚餐。

既然是佛教寺庙，这里当然只能吃素。不过有饭有菜、有汤、有水果（有时候还会有好吃的酸奶哦），而且还是自助餐式，居然比平时吃得还要丰盛和健康许多呢。

若是平时，进餐时间可都是有着严格规定的哦，而且寺庙里男女要分开住，禁止打牌、唱歌等娱乐，可以说相当无聊，但是，这不才更适合人们在这个佛教圣地修身养性一番吗？

每天寺庙都会敲钟提醒大家进餐，好有读寄宿学校的感觉啊！

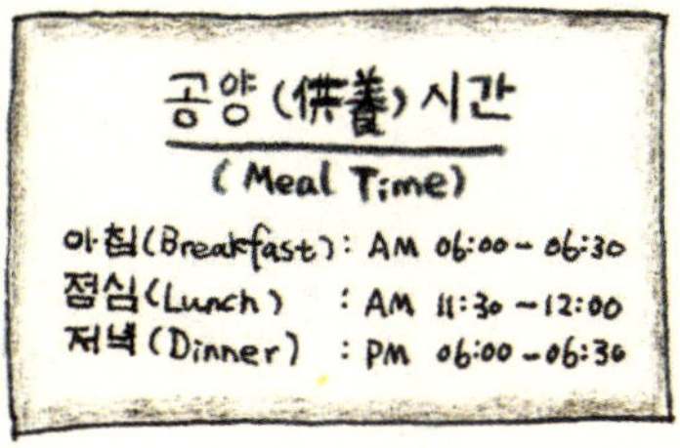

寺庙的设备简陋但整洁，氛围友善却庄重，似乎处处都透着一丝妙不可言的禅意。而更禅意的是一位老尼姑的故事，听说她来这修佛之后，连癌症都没了，皮肤也无敌好，看来心境真的好重要啊。

比起整个外观都是水泥的简陋的韩国寺，对面的中华寺一定让人记忆深刻。浓郁中国风的建筑，门上还贴着几天前“庆祝国庆”的红纸，让我这个离家许久的孩子不仅鼻头一酸。

可惜中华寺因为条件有限，并不收留游客，对此网上颇有微词。但我相信，在一个佛教圣地，这里不会因为私心将中华友人拒之门外的。一个中国朋友说，几天前他们几人去中华寺做饭吃，结果饭菜不够，开饭前，住持说想出去走走，一直到大家都吃完才回，其实，他只是为了让大家吃饱喝足……一个小细节，已是与人为善的大智慧。

>>>>> 树的冥想曲 <<<<<

作为一个佛教圣地，蓝毗尼值得参观的地方基本上就是各种寺庙了，此外，只有清晨起雾或傍晚日落时分才有迷人的景色。但是无论如何，佛祖释迦牟尼诞生的地方，是非去不可的。

公元前 563 年，有一位怀有身孕的王后在游水时突然感到阵痛，走了 25 步后，在一棵婆罗双树下诞下一名婴儿——这就是佛祖释迦牟尼诞生的故事。

传说中的婆罗双树。不过听说真正的那棵树其实已经不在了。

值得回味的是，当时摩耶夫人（释迦牟尼之母）可是被当做印度教天后接受供奉的，但在这里却诞下了佛教始祖。世界总是如此，充满各种玄机。

婆罗双树对面就是摩耶夫人祠和她当年游水的圣湖。

树下总是有许多静坐的僧人和前来祈祷的朝拜者。此时此刻，我也坐下来，在树下冥想，多希望也能在这里顿悟人生呢。不过即使俗人，在这佛光普照之地，感受一切祥和，也能想明白许多在嘈杂的城市中想不透的道理吧。

蓝毗尼之后，小五过境去印度，我则折回西藏，做我的伪藏漂，走我的滇藏线。不过在两个月后我们又在老挝重逢了，让我再一次感慨这个世界充满玄机。

滇藏线

DIANZANG

在 2011 年曾撩动了很多人心弦的电影《转山》中，那个台湾大学生就是走滇藏线骑行进藏的。托云南的福，尽管这条路线不及川藏线那么流行骑行，却拥有更为丰富多样的人文和风景，一路走来，才美得让人目不暇接。

雪山、冰川、峡谷、江河、草原、密林……一路上变幻无穷的景色总能让眼睛和相机满载而归，而来自不同民族的风俗文化，自然又是另一种新鲜的旅途体验。在这里，有声名远播的旅游景点，也有名不见经传的小村落，但都以各具特色的风光为这条路线的美丽集体发声。

走这条路的时候，已是游人罕见的深秋。虽然错过了传说中早春的桃花和漫山遍野的杜鹃，但如童话般色彩绚丽的秋色依旧让人心动不已。在略微荒凉的秋色中，我逐渐开始独自行走，仿若置身“孤独星球”，却也更多感觉到，自己正“在路上”。

直贡梯寺
尼洋河
巴松错
美味石锅鸡
古乡湖
天险
拉萨
墨竹工卡
工布江达
八一
林芝县
鲁朗
通麦
波密
南迦巴瓦山
墨脱

滇藏线地图
72道拐
邦达
左贡
芒康
"红土地"
晒盐场
盐井
德钦
梅里雪山
月亮湾
雨崩
奔子栏
松赞林寺
香格里拉
白茫雪山
丽江
大理
昆明

走上318

在拉萨懒散了大半个月后，我终于踏上了离别的路。带着对这片土地自以为是的熟悉和不舍，我走上滇藏线，一路秋凉，有绚丽，有荒芜，自然景色让人莫名感动。

11 月是西藏旅游的淡季，也是藏人朝圣的旺季。那些

很奇怪在西藏看到的树总是齐刷刷的一排黄一排绿。

进藏朝拜的人，有的开个拖拉机全家甚至全村出动，有的带上衣物被子，拖着板车一步一脚印；有的什么都没有，磕着长头一路进藏。如果下次再有外国人问我，“你们中国人真的没有信仰吗”的时候，我可以用虔诚的藏族人反驳他们！

晚上住在八一的渡口国际青旅，似乎在这样的淡季，只有这里才能找到同行的人——而我也在这里遇到了两个走滇藏线的男生，于是可以一起搭车旅行，向318线出发！

鲁朗，来只鸡！

一早和昨晚认识的两个男生一起出发，边走边拦顺风车，也还算顺利。一路伴随着漂亮的尼洋河，一直到色季拉山，在垭口终于见到传说中的南迦巴瓦峰，几乎能看到全貌了呢！

下山经过一片林海之后，就到了鲁朗啦！小桥流水的田园风光，和葱郁或金黄的彩叶林相映成趣，简直像油画一样。

像这样的景色在滇藏线上很常见，大概这就是林芝得名“小江南”的原因吧。

来到鲁朗，这里著名的石锅鸡当然不可不尝。听说在这里吃饭，老板都是看人开价的。我们这种搭车的穷游人，自然也不怕被宰，3 个人一锅一共 100 个大洋，应该是挺便宜的了吧！

据说这是藏香鸡和松茸、手掌参、枸杞等药材熬制，再用雪山上流下的溪水慢慢炖足两个小时左右才做出来的。

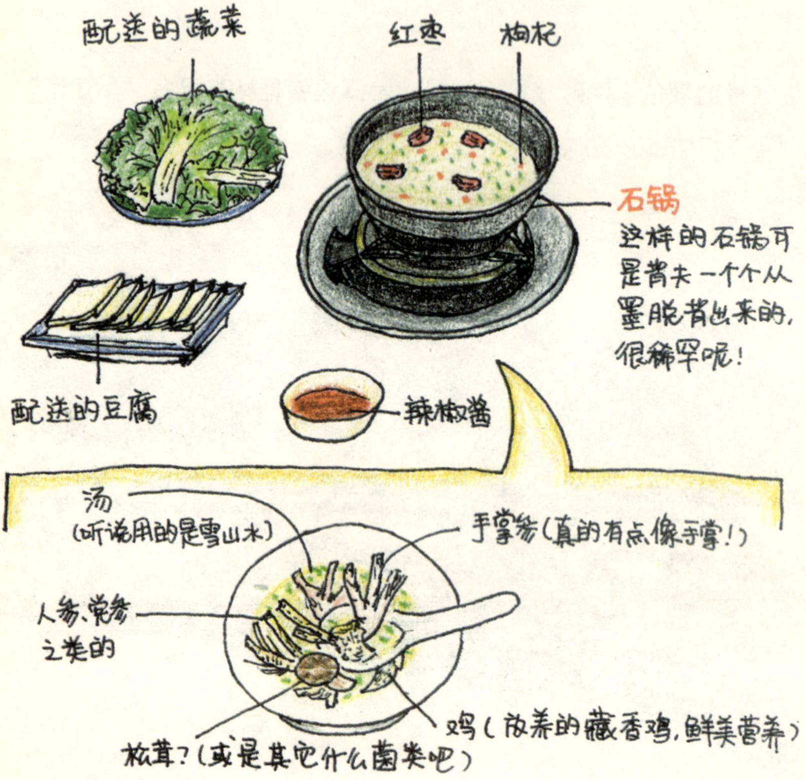

沿着 318，鲁朗附近是据说已有千年历史的扎西岗村。当年文成公主在此就为这片风水宝地惊叹不已。的确，炊烟、雪山、老树、村落，说是世外桃源还真不为过。晃到天色渐黑我们才离去，这时我已下定决心，若下次经过，我一定要住在这里。

小古乡·小江南

如果说鲁朗的“中心区”就是一条很短很短的街的话，古乡大概就只有几个屋子了。不过“风景总在偏僻处”，这个简陋的小地方，果真风光无限。

第二天的行程是美好的徒步。之所以说美好，是因为都是走在林荫小路上，不用爬陡坡，也不会被晒。据说这里是“中国最美森林”的岗云杉林，一路鸟语花香，还有不少奇形怪状的植物。

不知道叫什么的小红果，我还试着吃了一点，不过不好吃 >_<

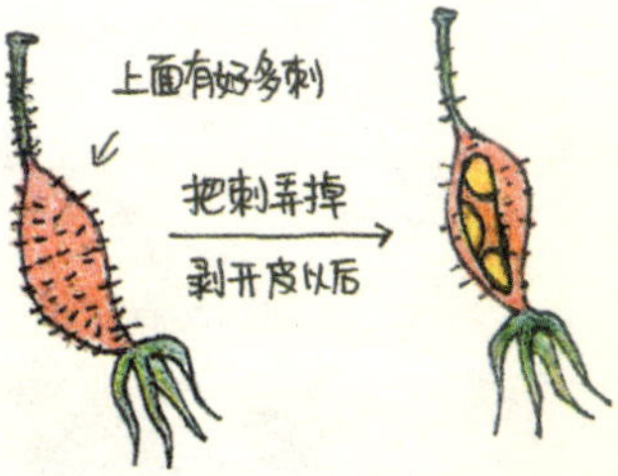

路上经过的小木屋，想起娃娃的《香格里拉》“小木屋，红屋顶，地址是一个秘密。”

走啊走，穿过密林，突然间豁然开朗，一片辽阔的高山湖泊带着雪山和倒影迎接我们，真有一种柳暗花明的感觉啊！这里的景色和昨晚的古乡湖相似，但或许因为经过了一番长途跋涉，好像觉得这里特别美。

湖的旁边有民居，不过只看见孤单的一间房子。因为深秋而变成彩叶的树木，安静吃草的牦牛，构成一幅恬静的画面。

时至中午，也有点肚子饿。我们的午饭是早上在饭店打包带来的炒饭，因为忘了要筷子，结果几个人只好吃起手抓饭，也许因为之前走了不少路，虽然吃的是冷饭，也觉得很香。在这里休息片刻之后，我们便打道回府，拦车搭车，向下一个目的地出发。

孤单然乌湖

就像古乡旁边有个古乡湖，然乌旁边也有个大大的然乌湖，可惜不知道是不是因为季节原因，湖水并不清澈，和过去我所见过的湖比起来，然乌湖确实有几分逊色。

客栈有建在湖水之上的湖景房，可惜因为现在太冷，湖水也干涸了，所以这些房间就不开放了。如果在夏天，坐在湖景房外的阳台，望着满天星星，一定很美好吧！可惜昨天同行的两个男生走了，现在只得我一个，而且今天偏偏还是光棍节——只好自我安慰说落得个自在咯！

沿着318国道，走到附近的瓦村。雪山环抱，湖水环绕，牛羊成群，村舍林立……滇藏线一路下来，看过太多这样的田园风光，居然也没有审美疲劳，依旧是见到一处，迷

恋一处。我总是幻想，自己是个厉害的摄影师或者旅游编辑，一路行走，经过这样一个美丽的小村落时，在当地人家住几天，感受他们的热情，也给他们讲新鲜的故事。只是，会有这样的一天么？

瓦村过去是“3888”的路碑。318国道沿途的许多路碑都被骑行人写下了各种文字，走到这里，我也写了几句话，虽然有点小伤感……

然后居然遇到从理塘来的朝圣队伍。43 个人开了 3 辆拖拉机浩浩荡荡进藏朝圣，此时正在附近扎营休息。好客的藏族大叔邀我过去坐坐，拿出他们的零食款待我，好热情啊！

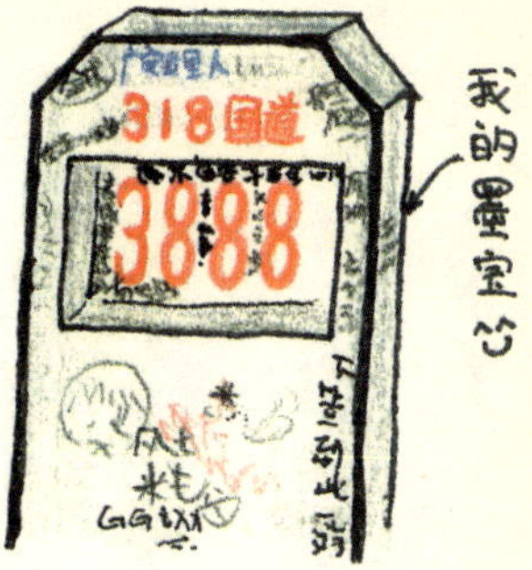

然后我就唱起了我唯一会的藏族歌曲《仓央嘉措情歌》，接着他们也唱起来，然后玩游戏，我和大家一起哈哈大笑。听说他们从理塘出发一个月了，一路磕着长头，今天才歇下来的，真是让人感动的虔诚啊。

简单的游戏，却带来质朴的快乐。

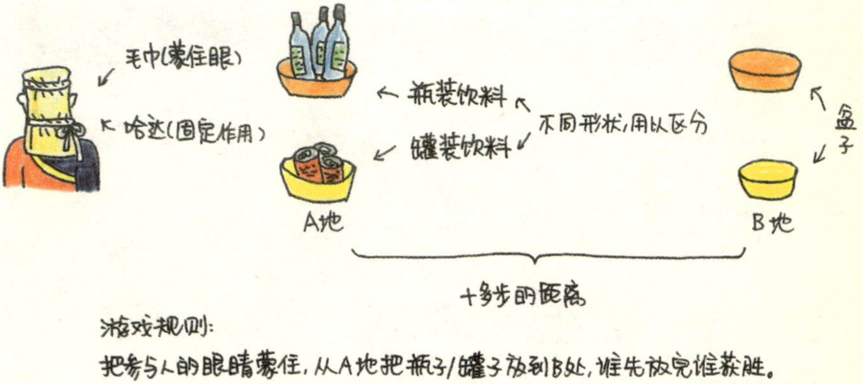

后来我告辞回客栈了。回去的路上依旧能遇见一些孑然一身上路的朝圣者。我想，这份对信仰的坚持，就是西藏不同于他处的地方吧。

渐别西藏

然乌大概是我认为滇藏线上西藏境内最后一个值得停留的地方，于是在这之后，就开始了我的赶路之旅。

早上离开客栈，看到仙雾缥缈的乡村，让人心生向往。若不是因为淡季遇不到人，真的应该去一趟冰川的吧！

一个人沿着318国道赶路，从然乌到八宿需要翻过一座山，所以公路也是一路向上。只是……我走了很久都没拦到车！一个人行走的感觉是很帅，但是风险也好大哦！凄凉地走着，想着万一一直没车，我会在这样的天寒地冻中冷死吗?

走了5公里之后，终于拦到一辆拖拉机。虽然一路颠簸，被风吹着冷得腾腾震，也没能赶到原计划的左贡，但总算在傍晚到达八宿了。

因为吃了这个亏，第二天我还是老老实实坐的班车。从八宿到邦达，经过了神奇的72道弯，把连坐车的我都看晕了，想必是让骑行进藏的人绝望的路吧。

中午到的邦达。据说这里是川藏公路和滇藏公路的汇合点，虽然似乎很重要，却依旧很小。在这里我遇到一个同样走滇藏线的女孩子蒙蒙，一拍即合啊，然后我又重新燃起了搭车的勇气！在走了一段路后，我们以无敌好运气，遇到一个自驾游的大叔，当晚顺利到达芒康，实在太值得庆祝啦！

经过长途跋涉，终于在深夜到达芒康，可喜可贺啊！

可惜，旅途中有相遇的惊喜，也有离别的难过。第二天大叔就要去四川了，好在还有蒙蒙和我一起，走完剩下的路。

再见梅里

早上慢悠悠地起床，一路晃荡着，终于在晚上七点多到达飞来寺——这个我曾来过三次的地方。但是……重游故地，却已面目全非。

离上次来此才时隔一年，这里就新开了好多旅馆饭店，以前看日照金山的空地也被围起来收门票，围墙上居然还有地产广告！这……真的是神圣的梅里雪山下吗？最后我们选择住在我第一次来时住的客栈。老板娘依旧热心，给我们的房间和三年前一个价，还可以直接在房间看雪山哦。

时隔几年，客栈大厅也装修了，在这里写写画画最合适不过。

和老板娘聊天，说起这里变化之大，简直让心痛——因为梅里雪山是我心目中的第一神山啊。这座很少展露真容，至今尚未有人登顶的神山，如有神灵庇佑，奇妙之处，难以尽言。

很遗憾这次我没看到日照金山，好在曾经都有幸见过一次，红日照耀太子十三峰的壮阔，相信是让每一个为他虔诚守候的人都为之激动的景象吧。

心中的日月

关于香格里拉的传说，可以从《消失的地平线》说起。在那本书里描述了一个美到让人窒息的秘境，最后这个地方被认为是滇西北的中甸。或许对于这个结果还存有争议，毕竟藏区不乏人间仙境，不过，既然这个名字能被认可，这里总该有它独特的魅力吧。

从前来这里，每次都去松赞林寺和香格里拉古城晃荡。这次从西藏一路走来，这些都已不足为奇，于是我选择了住在草原上的国际青旅，哪怕风景再寻常，也可以久久地呆着。

几乎在云南西北部的每个书店都能寻到这本书的芳踪。

说风景普通，只是因为之前见过太多美景了。香格里拉有着和藏区并无二异的壮阔，只是已到秋天，荒芜了点。但若是初见此景，也会感动得一塌糊涂吧。旅社前面就是湿地草原，有着纯天然的风光和各种野生鸟类，夕阳西下，落霞与黑鹤齐飞，恬静美好。

第二天本来想穿过依拉草原去看纳帕海，结果还是没去成，不过我对于游客蜂拥的景点向来不抱太大希望，所以

没看成也不算遗憾。在旅店看到一张或许算是云南整个香格里拉地区的地图，其实周边还是有很多地方值得去探险呢，有机会再来的话，去些偏远的地方看看才是正道。

香格里拉大地图，可以作为深入探索滇西北的参考。

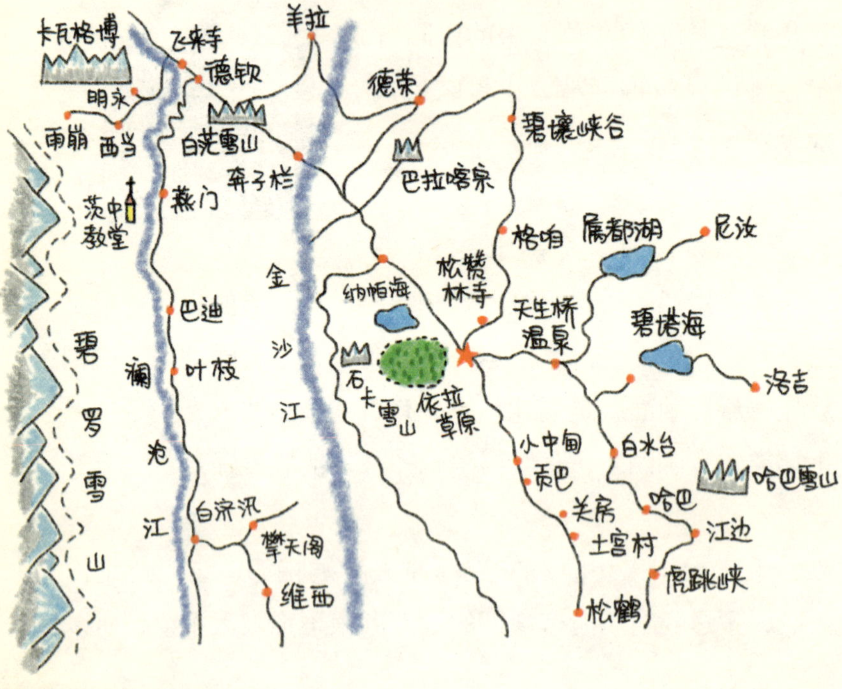

无奈的丽江

已经忘记丽江是怎么在一夜之间，从一个与世隔绝的古城，变成一个人人梦想的天堂了。然后，游客蜂拥而入，装小资，找艳遇，大肆践踏一番后，感慨这里如何无趣，如何商业化……一个美好的地方在变成街知巷闻的景点之后总是无法避免沦陷的过程，不知道是旅游开发有问题，还是中国游客太有侵略性呢？

丽江大研古城门口的大水车，已经是丽江的地标了。

今天的丽江，已经被各式各样的商铺、酒吧和客栈所占领，唯有逃离古城中心，才有可能领略宁静质朴的风情。其实大研古镇那么大，走到哪，都是小桥流水人家。

不过值得庆幸的是，丽江有些传统文化还是很好的保留下来了，甚至变成一种旅游产品——比如有趣的纳西文。

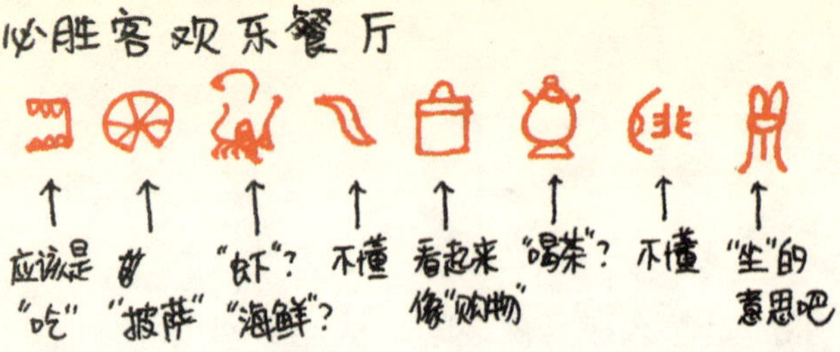

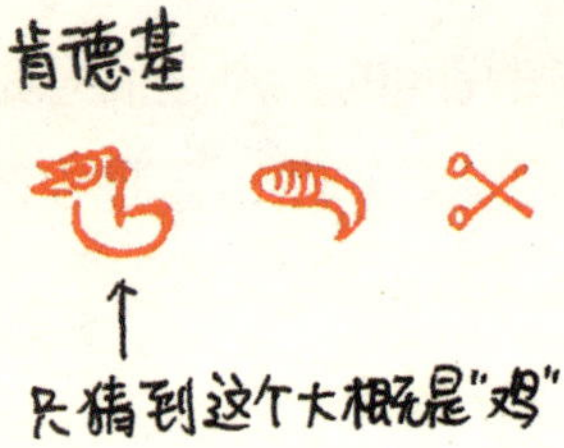

东河古镇因为安静舒适，聚集了更多自助游的牛人。但我总觉得束河太小，路太宽，还是更偏爱大研古镇那些长长窄窄的石板路。其实大研那么大，只要远离四方街，一样可以很幽静嘛。

不过束河也好，大研也好，最终也逃不了从纳西生活区变成游客区的命运。带着对丽江现状既惋惜又理解的复杂心情，我奔向了下一个目的地——大理。此时的丽江不但已经通火车，也有了双层大巴了。希望越来越繁华的生活，能给当地人带来更多幸福吧。

我爱大理

大理是我此次旅行中第二个最爱的地方。对大理并非一见钟情，我是在第三次来到这里才渐生情愫，然后不可自拔的爱上它。这里有山有水有风光，有吃有喝有文化，舒适闲逸得让我忍不住想索性在这里生活下去。

了解大理，首先要知道四个字：风、花、雪、月。

不过对我而言，大理的乐趣更多在于古城的人民路。这是一条藏龙卧虎的路，从那些葫芦里不知道卖什么药的店面可以看出，这里一定聚集着大理最多的奇人异事。

在这里，大理土著、外来游侠和海外嬉皮很和谐地混在一起。曾经我很不明白大理为什么会吸引那么多的老外，在尼泊尔的时候，国际友人 Seadna 告诉我，这个秘密叫叶子，而这个特别的植物居然自然生长在大乘佛教圣地苍山之上。

拥有了那么多大智慧，苍山才能驾驭这一切吧。不过瘾君子之外的我，更惊叹的还是苍山上的神圣之光。虽然也算走过不少地方，但这种万丈光芒从云层中倾泻而出，洒落人间的磅礴景象，只有在这里才能完整见到，而且每次都能见到。

朋友说，这是佛光。这种时候我总不禁想起《天龙八部》里满是禅意的高僧。听说在苍山的古寺里是可以修禅的，下一次来，一定要找个机会试一下！

崇圣寺三塔，据说是《天龙八部》里天龙寺的原型。

在大理当了一个星期的懒骨头之后，最终还是要离开。晚上和蒙蒙做饭吃，难免感慨。旅途中遇见的人啊，总有分别的时候，这是微型版的人生么？习惯了一次又一次的离别之后，我对于那些生命中不舍的分别，会不会渐渐看得淡了呢？

老挝

LAOS

在台湾等地被称为“寮国”的老挝，在我去之前印象里是一个几乎毫无特色的地方。平平无奇的山水，不算浓郁的异域风情，甚至连美食也缺乏吸引力……若不是为了取道去泰国，我甚至都觉得不会有此一行。

大概这一切，归结于它离中国实在太近了。某种程度上，这里和广西云南并无差别，所以我似乎可以理解为什么这个国家95%的背包客都来自西方，却少有中国人。只有法国的殖民历史，才给这里增添了一些不一样的风情。

“慵懒”大概是我最乐意用来形容老挝的词。我在最慵懒的琅勃拉邦染上这个“恶习”，然后懒懒地赖着不想走，最后因为时间关系，才不得已匆匆在寮北晃了一圈。当离开后蓦然回首，那段不算惊艳却无比舒坦的小日子，竟会让我心生向往，回味无穷。

老挝地图
南哈河国家保护区
文化和生态的深度游之地。
有许多山地少数民族
老挝最闲适、最风情的法式小城。
芒新
Muang Sing
会晒
HoueiXai
琅南塔
Luang Namtha
琅勃拉邦
Luang Prabang
丰沙湾
Phonsavan
石缸平原
Vang Vieng
万荣
风景秀丽，是探险者的天堂。
万象
Vientiane
沉寂安详的

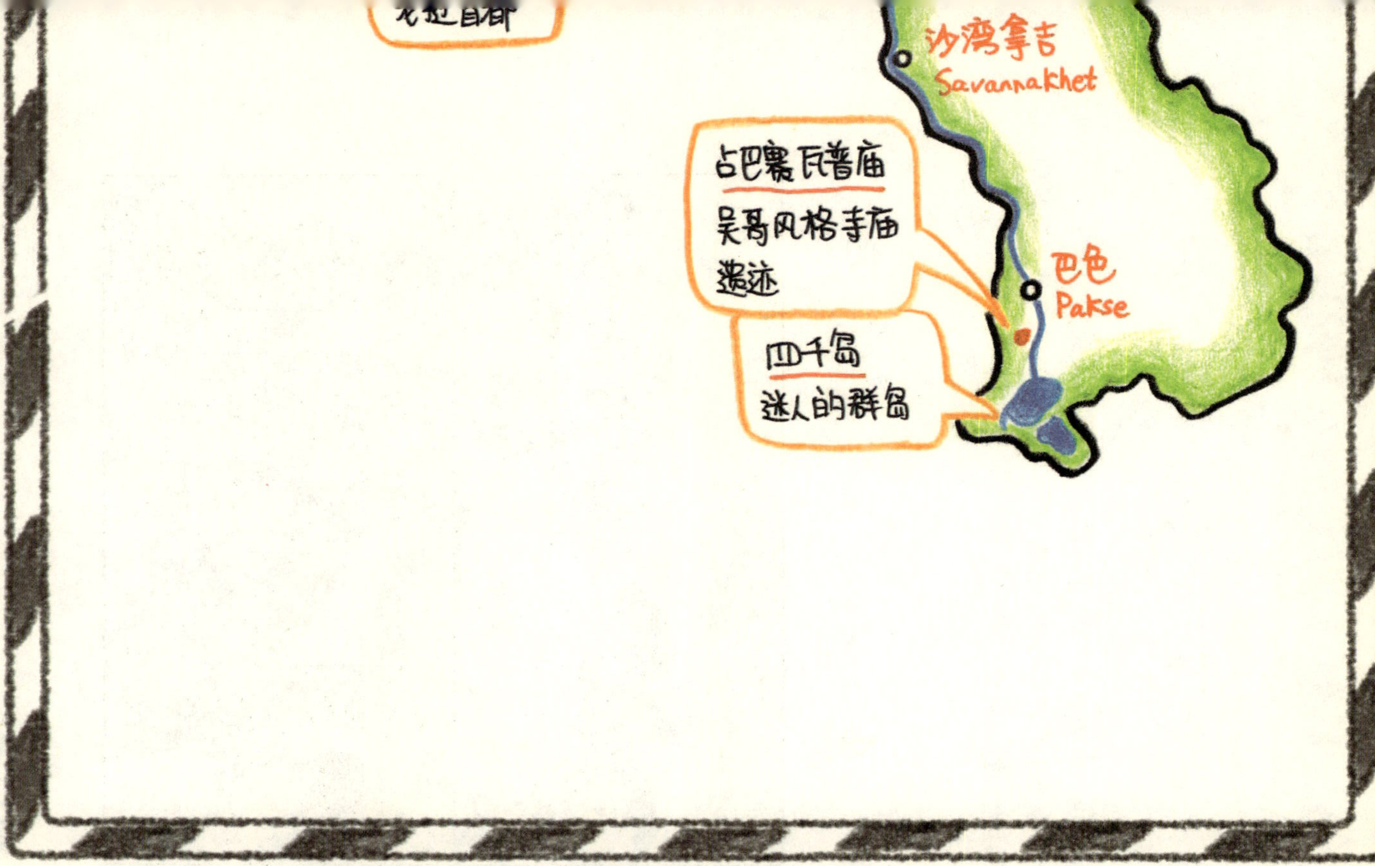
沙湾拿吉
Savannakhet
巴色
Pakse
占巴塞瓦普庙
吴哥风格寺庙遗迹
四千岛
迷人的群岛

>>>> 漫画老挝文化 <<<<

听说在老挝国家旅游局可以免费领到诸如此类介绍当地文化的册子。事实上在许多国家，游客都可以从旅游中心免费领到各种介绍当地旅游的印刷品。

Do's & Don'ts in Laos

老挝人认为头很高等，脚很低等。所以不要去碰到人的头，也不要用脚碰到人、指东西以及放在桌子上。
僧人在老挝很受敬重。做为游客也请尊重他们。女性是不允许触摸僧人乃至僧袍的。
去老挝人家里做客时请脱鞋再进屋。事实上老挝许多旅馆也是需要脱鞋入内的。
在老挝，特别是游览山村和少数民族部落时，给人拍照请事先征求他们的意见。

>>>>> What to do in LPB? <<<<<

我一直觉得琅勃拉邦这个名字很有情调，而这座城市也的确四处漫溢着浓郁的法式风情。尽管它小而精致，值得花时间的地方却也不少，哪怕闲适漫步，也相当舒适。

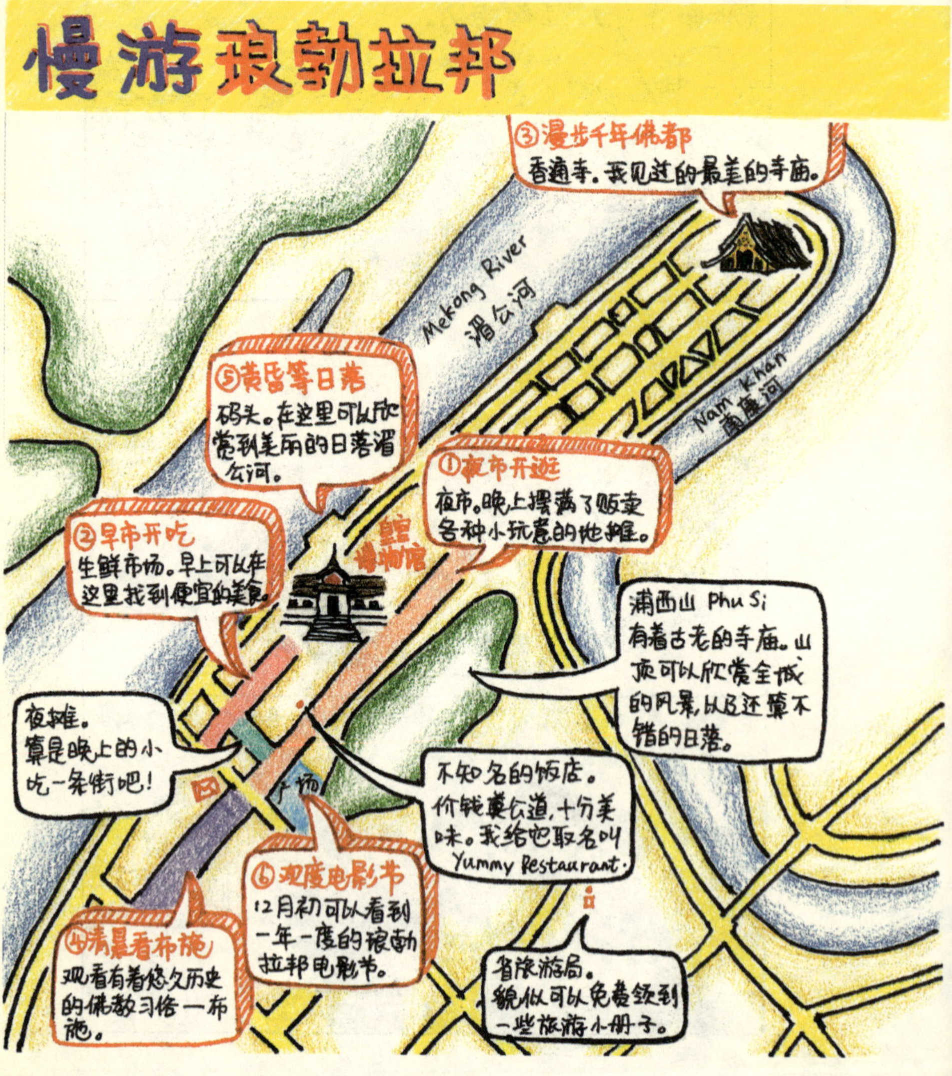

To Do之一 夜市开逛

我在琅勃拉邦认识的第一个人是和我坐同一辆国际大巴来的日本姑娘香织。不知道是不是因为我们同是背包客，聊起来分外投契。晚上到达琅勃拉邦之后，我们就拿着旅馆的简易地图，直奔夜市觅食。

贴士 琅勃拉邦的游客区集中在湄公河（Mekong River）和浦西山（Phu Si）之间的狭长地带，附近一大片范围内，吃喝玩住一应俱全。

夜市有吃有喝有得逛，我和香织对着他们贩卖的小玩意大呼“卡哇伊”，十分欢乐。我发现好像日本女孩特别容易激动呢！

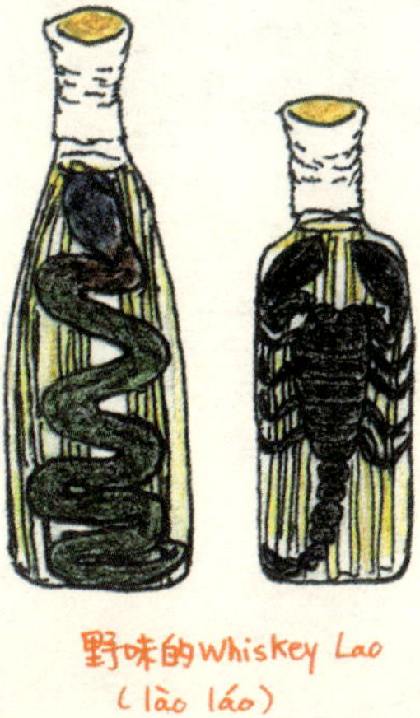

野味的Whiskey Lao
(lào láo)

在夜市看到了各种各样有趣的东西。

喝起来很辛辣，看起来很怕怕！

其实这个我也会啦，不过这些人偶比较有当地风情。

老太太的手缝布偶

迷你布艺胸针

上面绣了各种英文和老挝文，也挺有纪念品的感觉吧。

竹子做的武器？

可以用来发射石头子弹，感觉打到人会很痛呢！

可爱的棉拖鞋

有着大象图案，挺有异国风情，可惜不防水。

这个只是画出来和对比其他果蔬的大小的

好迷你的Size，好可爱哦！

看起来就像是硬邦邦版本的青橘，难道这就是青柠檬？

这个……真的不知道是什么……

只是——寮国啊，你的物价一点也不撩人嘛！吃个饭最便宜也要 10,000Kip，那些小玩意的价格也远远没有尼泊尔的吸引……不过最后我们还是一人买了一件 T 恤，很好很开心！

晚上回去稍微 Get Lost 了一下下，还好有当地人热心指路，这里的人还真是友善呢！

ToDo之二 早市开吃

对于一个吃货来说，这里最能引发我兴致的，莫过于“吃的探索”。老挝消费并不低，但总算还有那么些有趣新鲜的街头小吃。

Khao Soy

清甜鲜香的汤粉。其实 Khao Soy 在很多地方都有，做法味道各不一样，不过比起泰北更著名的 Khao Soy，我更喜欢这里的哦！

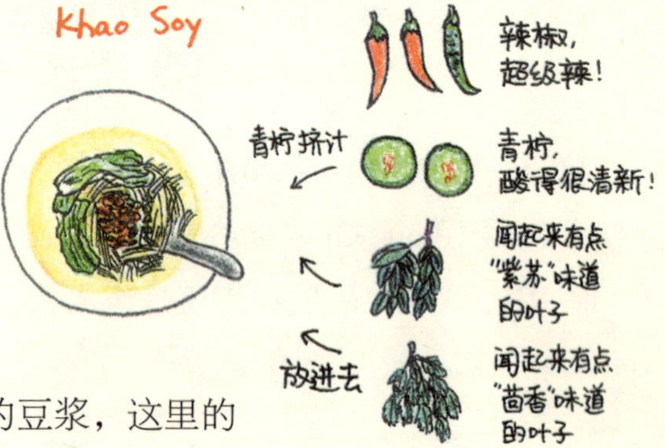

寮式豆浆

比起以往喝的豆浆，这里的豆浆有种黏糊糊的口感。

因为曾是法国殖民地，咖啡+法棍是这里常见的早餐。咖啡可是用柴火煮出来的哦！

法式早餐

说是来这里不得不喝的啤酒，不过对于对酒没什么研究的我来说，喝不出什么不同。

Beer Lao

烤香蕉&烤Mandumm

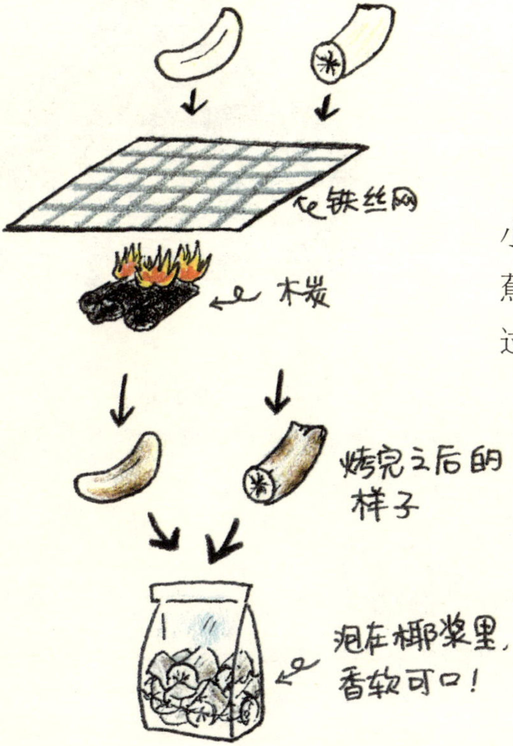

街边看到的一种小吃，一个烤的是香蕉，另一个以前没见过。还挺好吃的呢！

To Do之三 漫步千年佛都

在琅勃拉邦遇到的第二个人，是之前在尼泊尔认识的小五。我们在尼泊尔分别之后，各自东奔西跑，最后在这里遇上，感觉好奇妙哦！

后来，我、小五和香织就组成“中日友好观光团”，一起开始在琅勃拉邦晃荡的日子。在这个千年佛都，参观寺庙当然是少不了的。在普遍信奉小乘佛教的东南亚，我又见到了风格不一样的寺庙建筑。

“金碧辉煌”是我觉得最适合描述这里寺庙的四个字。

琅勃拉邦的多数寺庙都集中在湄公河和南康河间的半岛上，花一天时间步行游览是非常值得的。从旅馆出发，我也开始了我的寺庙之旅啦！

出门时我的拖延症又犯了，结果直到中午才出门，今天的第一站是离旅馆最近的瓦塔寺和Wat Ho Siang。这里虽没有布宫那样的华丽，但也照样到处鎏金。在寺庙门口立有两我的漫步路线：

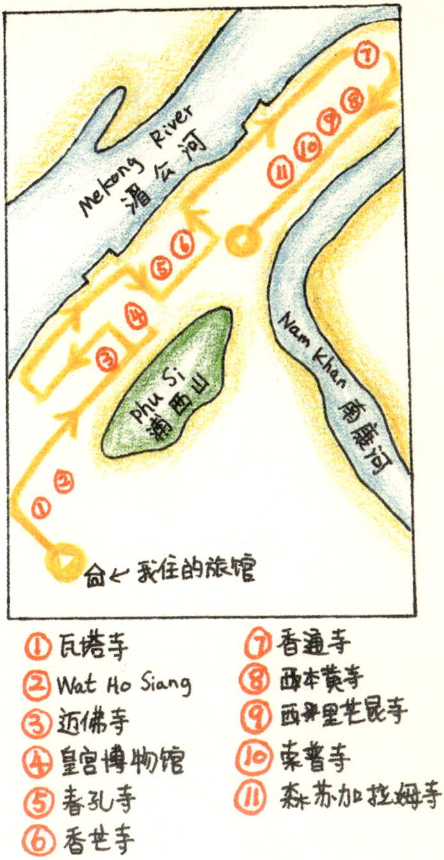

在老挝和泰国经常可以见到的“Lang To La Ni”，大概是被当作如保护神般的形象吧。

个人像，两手抓着长长的辫子，这奇怪的造型让我好奇心又冒出来了。

后来有人告诉我，他叫“Lang To La Ni”。传说中，他那根长长的辫子可以像水管般喷出水来，形成河流，这样就可以阻止坏人袭击佛祖啦。好有想象力的传说啊！

寺庙内的装饰都是鎏金的。

接着在“Yummy Restaurant”吃了个午饭，饱饱地出发。从迈佛寺（Wat Mai Suwannaphumaham）到皇宫博物馆（Ho Kham），再到春孔寺（Wat Choumkhong）和香芒寺（Wat Xieng Muan），都各具特色。在这些寺庙里我最喜欢春孔寺，这里像一个安静的小花园，让人忍不住想住下来。

春孔寺里种满了花，与其说它是个寺庙，我觉得更像个花园。

春孔寺里面有许多一品红，香织说这也叫“Christmas Flower”。

离开春孔寺，我沿着河岸向香通寺（Wat Xieng Thong）的方向走去。这里有许多露天咖啡馆和餐厅，处处都给人一种很悠闲的感觉。在琅勃拉邦，大概空气里都有着“慵懒病毒”吧，一不小心就会被传染。比如我在这里见到的狗，基本上都是趴在地上一动不动的。喂，狗狗，你家主人养你是干什么的呀？

在附近看到另一种花，很粗的茎上长满了刺，让我想起了仙人掌。

走着走着，就到了香通寺。在通往香通寺的路上种了许多鸡蛋花树。这是老挝的国花，也是佛教圣花之一，在香通寺门口见到这些花，似乎预示着这座寺庙非比寻常呢。

总觉得鸡蛋花树的枝桠很特别。

香通寺——果然很美！除了华丽的鎏金建筑，曲线优美的屋檐，我在这里看到许多简直让我心动的外墙装饰。也许是因为对手工艺感兴趣的缘故，我太爱寺庙墙壁上那些用五彩斑斓的金属片镶嵌而成的图案了！那是似马赛克却胜过马赛克无数的精妙装饰，为这个金碧辉煌的寺庙增添了许多富有色彩的生气。

香通寺的大殿和“生命之树”图案，果然令人记忆深刻。

萨加林大街上一座镶嵌了彩色金属片的佛塔，在阳光下熠熠生辉。

后来我才渐渐发现，这种用彩色金属片装饰寺庙外墙和佛塔的方式其实还挺多见的。

如果时间安排好的话，一天之内是可以基本上逛遍琅勃拉邦的主要寺庙的。但我只游荡了半天，又懒得上浦西山和过湄公河，所以看到的内容也有限，但是对我来说也算足够啦！

ToDo之四 清晨看布施

在琅勃拉邦，看布施已成为游客必不可少的观光项目。这个有着悠久历史的佛教习俗，日复一日地在此上演，信徒施舍，僧侣感恩，双双与佛同在。

布施：

每天清晨，僧人列队从寺庙来到大街，接受早已守候在此的信徒们施予的食物，并为之诵经，场面神圣且安宁。

只是……在这场施者与僧人的活动中，出现了一个奇怪的群体——游客。这些远道而来的人，面对这见所未见的“奇观”，总是恨不得一拥而上，贴着他们的脸拍照，这种行为对他们造

成不少干扰了吧！其实我也是拍照中的一人，虽然没好意思走太近，但仍有五十步笑百步的嫌疑……

其实，布施只是一个存在于信徒和僧人之间，关于施舍与感恩的宗教行为，而并非一个观光项目吧。

面对这一切，温顺善良的老挝人依旧旁若无人地做着自己的事，我不禁有些羞愧。

To Do之五 黄昏等日落

琅勃拉邦拥有公认的日落美景，它可以是日落浦西山，也可以是日落湄公河。很明显在这个空气里都弥漫着慵懒气息的地方我会更偏向去难度更低的河边看日落。为了不错过最迷人的湄公河，早一点出发显然更明智。

湄公河边，肯孔大街（Th Khem Khong）及它的分支小巷也不容错过。各种露台咖啡馆、法式殖民建筑和老挝民居竞相展姿，很值得花上一个下午闲逛。

在这里看到许多很帅气的车，或复古，或粗犷，都很抓人眼球。

湄公河码头在肯孔大街旁，这里每天都有船来船往。坐在岸边看着船只缓缓开过，会有种时间停滞的错觉。

不知道这一艘是不是南下泰国的船呢？

在这里看着船只在河上慢吞吞地荡来晃去，渐渐便迎来黄昏。赤红的夕阳从山后洒落，映红了整片湖水。虽然没去浦西山看成日落，不过我依旧相信日落湄公河拥有更美的色彩。

ToDo之六 欢度电影节

琅勃拉邦的一年一度电影节，大概是我在这里最意外的收获了。总之在某一天，在那条白天是街晚上是夜市的西萨旺冯大街（ST. Sisavangvong），我就突然发现了这个电影节的横幅。

琅勃拉邦电影节在每年 12 月初举办，放映许多优秀的东南亚影片。

电影本来就是我的心头好，居然还是相对小众的东南亚电影，加上还是怀旧的露天电影院，我感觉我简直要激动得晕过去了！

泰国和越南的电影都不错的哦！

在接下来一连好几天的电影节，这里每晚都要放两到三部电影，虽然是英文字幕，好歹还算明白，而且最重要的始终还是这个氛围。

这种充满怀旧味道的露天电影院，真是无限欢乐！

>>>> 再离别 <<<<

懒在琅勃拉邦的日子，又很慢，又很快。随着小五和香织的离开，我也决定收拾行囊继续上路。傍晚坐 TukTuk 车到北站，孤身一人，向寮北出发。

很有法式风情的露天车站，居然让我想起了越南电影《情人》。

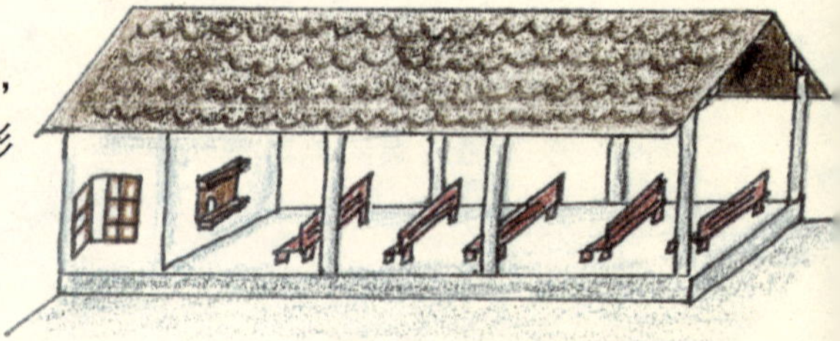

寮北，越走越北

到达琅南塔（Luang Namtha）后，我开始后悔没有和小五一起去万象了。这个平平无奇、物价不低的小城，给我憧憬的寮北之旅送上了重重一击，以至于第二天，我就和在这里认识的三个德国女人一起坐上了去芒新(Muang Sing)的车。

>>>> 中西文化大不同 <<<<

尽管靠近缅甸，芒新丝毫看不出什么邻国情调，不过因为小镇够迷你，反而更容易遇上旅行的人。在这里我遇到一个复古风的日本人，好像很有意思。但显然同行的德国人不感冒，在和她们相处的日子里，我发现中西文化差异还真不小呢。

我感兴趣的

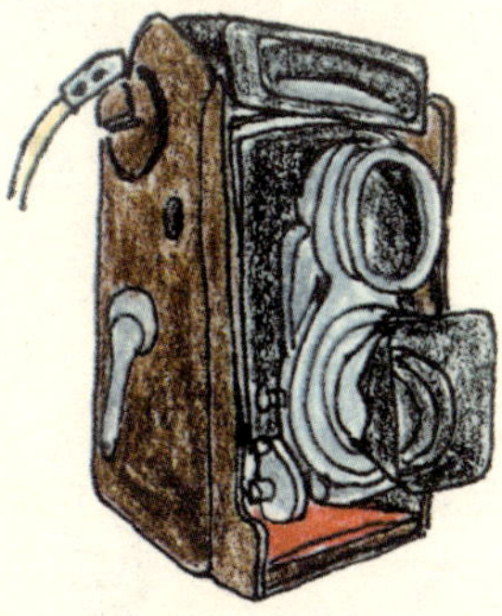

日本人的复古双反相机
寺庙里关于佛教的壁画
老挝的传统风俗

她们感兴趣的

古老的拖拉机
马路上走来走去的牛
在车上一路颠簸

>>>>> 村落山野行 <<<<<

本来计划可以在寮北参加一个坐船到会晒的行程，结果发现很难成行。想到既然来了这里，最后还是参加了一个两天的 Trekking Tour 意思一下，成团的除了我和三个德国女人，还有一个香港女人，居然都是女人……

两天的 Trekking Tour 主要是拜访位于山间的小村落，对我而言有点吸引力的大概是众多少数民族的风俗吧。

1ST Village Nammai
居住民族 Yao People

也许因为这个村子离芒新镇最近，难免很商业化。当我们到达的时候，周围涌上一群拿着手工织物的女人，向我们推销。体验风俗是没机会了，唯一只觉得她们的服装挺特别。

2nd Village Dong Chai
居住民族 Thailu People

坐 TukTuk 车到达第二个村后，我们就要徒步前行了。在这里参观了一个小寺庙，有着如芒新

镇上香贾寺（Wat Xieng Jai）的典型“Thailu”风格，和在琅勃拉邦见到的有所不同。

3rd Village Luk Kham
居住民族 Akha People

淌过几条小溪，走了一段有蛇横行的土路，我们到了住着阿卡族的 Luk Kham 村。阿卡族是一个在现代社会仍保持着刀耕火种生活方式的原始民族，我们接下来经过的主要就是他们的村落了。

阿卡族的服饰　　阿卡族的奇怪风俗

刚进村时远远看见坐在家门口的婆婆是没穿衣服的，大概看见游客来了，她才进屋穿了衣服，拿了些手工品向我们兜售。我突然想起寮北有个民族是有女子露出胸部的习俗的。接着和向导聊起来，发现阿卡族还有着许多外人看来不可思议的文化。

4th Village Baha

居住民族 Akha People

进入第四个村子的时候，在路口看到一个风铃一样的东西挂在树上。向导说这相当于村子的门。当人们进村的时候，它会把坏的灵魂挡在外面。

简陋的“灵魂之门”，在阿卡人眼中有着神圣的力量。

听说明天是阿卡族的新年，所以经过村子的时候，看到人们在为迎接新年打糯米团团，好欢乐哦！

打糯米团的工具，其实相当简单。

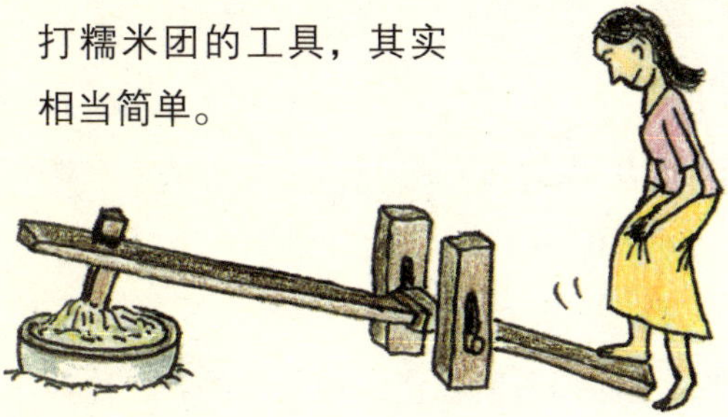

糯米团团：热乎乎软趴趴的糯米团，揉上芝麻盐巴，还挺好吃的呢！

出村之后就到了我们的午饭时间了。我们的餐厅是一个简单但风情十足的草棚，而且外面还风景无敌。

向导去砍了一些叶子铺在“地板”当桌子，我们就准备开吃了。至于我们的午饭，是用棕榈叶包着的糯米饭和简单的饭菜——老实说，口味相当一般。

离奇的是，我的手机没有开通漫游，在这里居然搜到了手机信号，还打了个电话呢！不知道到底是因为寮北的中国人多，还是因为这里离中国近呢？

5th Village Poung Kok
居住民族 Akha People

继续上路，在一片高高的甘蔗林中穿过，感觉很棒。向导砍了一根甘蔗给我们试，从未有过的鲜甜。不过比起来还是几个德国人比较好奇，在此之前她们只知道这是农作物，拿来当水果吃还是第一次呢！

第一次看见生长着的甘蔗，上面顶着紫红色的穗子般的花，比芦苇还美！

走过阿卡族独有的“灵魂之门”，Poung Kok 村的人在酿寮式白酒 l à ol á o，大感兴趣地了解了一番。我现在知道老挝白酒的做法，却不知道中国的白酒做法，心里突然有点羞愧了……

寮式白酒酿造大法

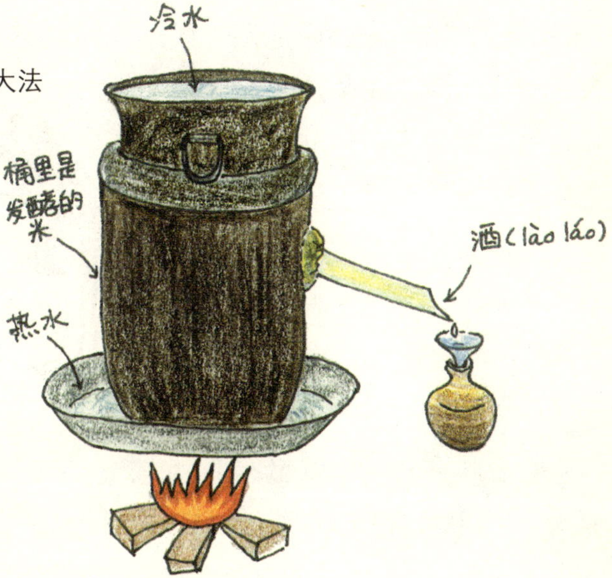

村里面有些像粮仓一样的迷你小屋，那是阿卡族女孩子 13 岁以后住的地方。因为长大了就要一个人住，晚上可以等心仪的男孩来。感觉和摩梭族有点像呢。

6th Village Sop Yee Namya

居住民族 Akha People

一番短途跋涉后，来到今晚最后一站。既然是Homestay，当然也要像他们一样过得朴素简单，例如，像他们一样去河边洗澡。可是！我没有纱笼裙！也没有大毛巾！只能洗脸洗脚和看别人洗澡了……

老觉得就这样裹个纱笼洗澡是件很没安全感的事。

晚上睡在村长家，虽然是村长，房子虽大，也是整个屋子一大间房，白天当客厅，晚上当睡房而已。不过我很喜欢这里的木屋子哦，外面有个大平台好舒服！

睡前还享受了一次阿卡族的“马杀鸡”，这些给我们按摩的阿卡人叫“Akha Lili”年龄都不大，弄得我很不好意思。

第二早起床，我们参加了一个老挝传统的祈福仪式，以前在电影里也有看到过。在这个仪式上，拴线人一边念着什么，一边为贵宾在手腕上系上白线，以此为贵宾祈福。

老挝人称这个拴线仪式为“Su Khwan”，意思是“招魂”。

7th Village Nong Boua

居住民族 Taidam People & Punoi People & Lolo People etc

告辞完昨晚 Homestay 的人家，把出发前买的一些文具送给了当地的学校，我们继续上路。在艰难的爬山之后，这次到了一个有众多民族居住的村落。虽然感觉不出不同民族的区别，但从一群群小孩纯真的笑脸上可以看出他们很融洽，很朴实。

往里面走着走着，向导说这里有中国迁过来的少数民族哦！有个穿得很精致的老婆婆，我和她说“你好”，她果然懂了。老婆婆说身上的衣服是自己做的哦！

8th Village Kang Mai
居住民族 Mhong People

最后去的是 Mhong 族人的村子。我老觉得这也是中国迁过来的少数民族，不过话说回来，老挝、泰国、缅甸和中国很多少数民族是同源的吧！

在这里看到有老爷爷在吹传统的老挝乐器，这还是在琅勃拉邦电影节开幕式上介绍老挝的生活小短片里曾经看到的呢，在演奏的时候，需要捧着乐器边吹边跳，很欢快的样子。

我在异国时会对它们的传统文化很感兴趣，可是对于自己国家的传统，我却不甚了解，说起来还真惭愧。博大精深的中华文化，一定有着更多值得我去探索的奥秘吧！

>>>>> 从寮到泰：永隔一江水 <<<<<

Trekking Tour 结束的第二天，终于要向期待已久的泰国出发了。所以，尽管坐了一天的车，一路的疲惫也没有浇灭我内心的兴奋。

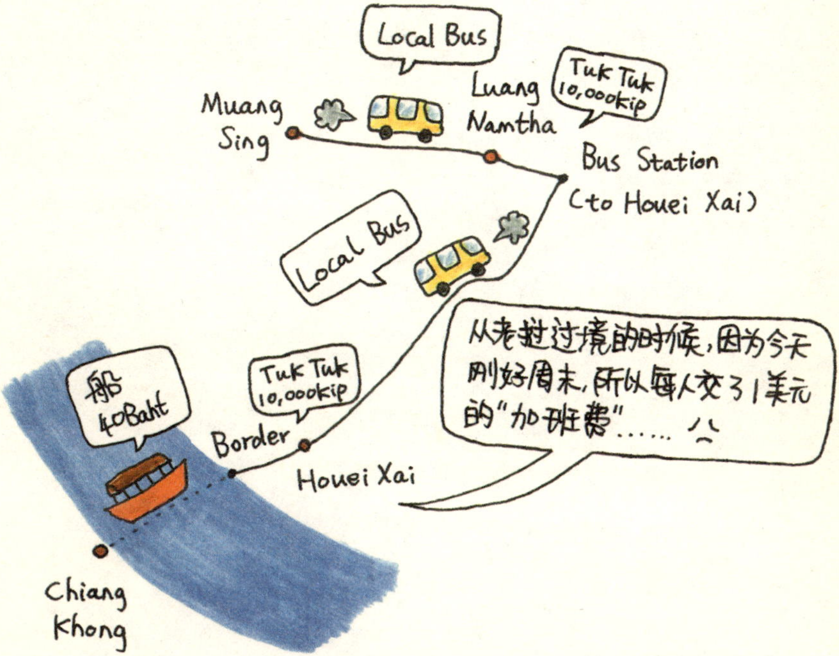

老挝的会晒（Huay Xai）和泰国的清孔（Chiang Khong）仅一河之隔，乘船过了河，对岸就是另一个国家了。时至黄昏，突然心中掠过一丝莫名的惆怅，这是来自离别的失落吗？

泰

THAILAND

国

人妖、泰拳、色情行业、恐怖片、普吉岛、泰式按摩……在去到泰国之前，大多数人心中的泰国便是如此。但对我而言，泰国有着不一样的意义：独有心思的创意产业、有着泰式幽默的广告、小清新的电影、让人回味无穷的泰国菜……这一切或许和旅游无关，却让我对泰国还没见就有许多好感。

当我踏上这片土地，才发现吸引我的远不止这些！撑破肚皮的美食，逛到脚痛的夜市，满满是爱的设计，各具特色的城市风情、阳光灿烂的沙滩海岛、微笑友善的泰国人……实在“泰”有爱！

所以，尽管泰国是我这一路以来最孤单的旅程（居然一路上都遇不到一起走的旅伴），但是，我依然可以自娱自乐地很快乐——因为，这不是一个来了还想来的地方，而是一个来了压根就不想走的地方。

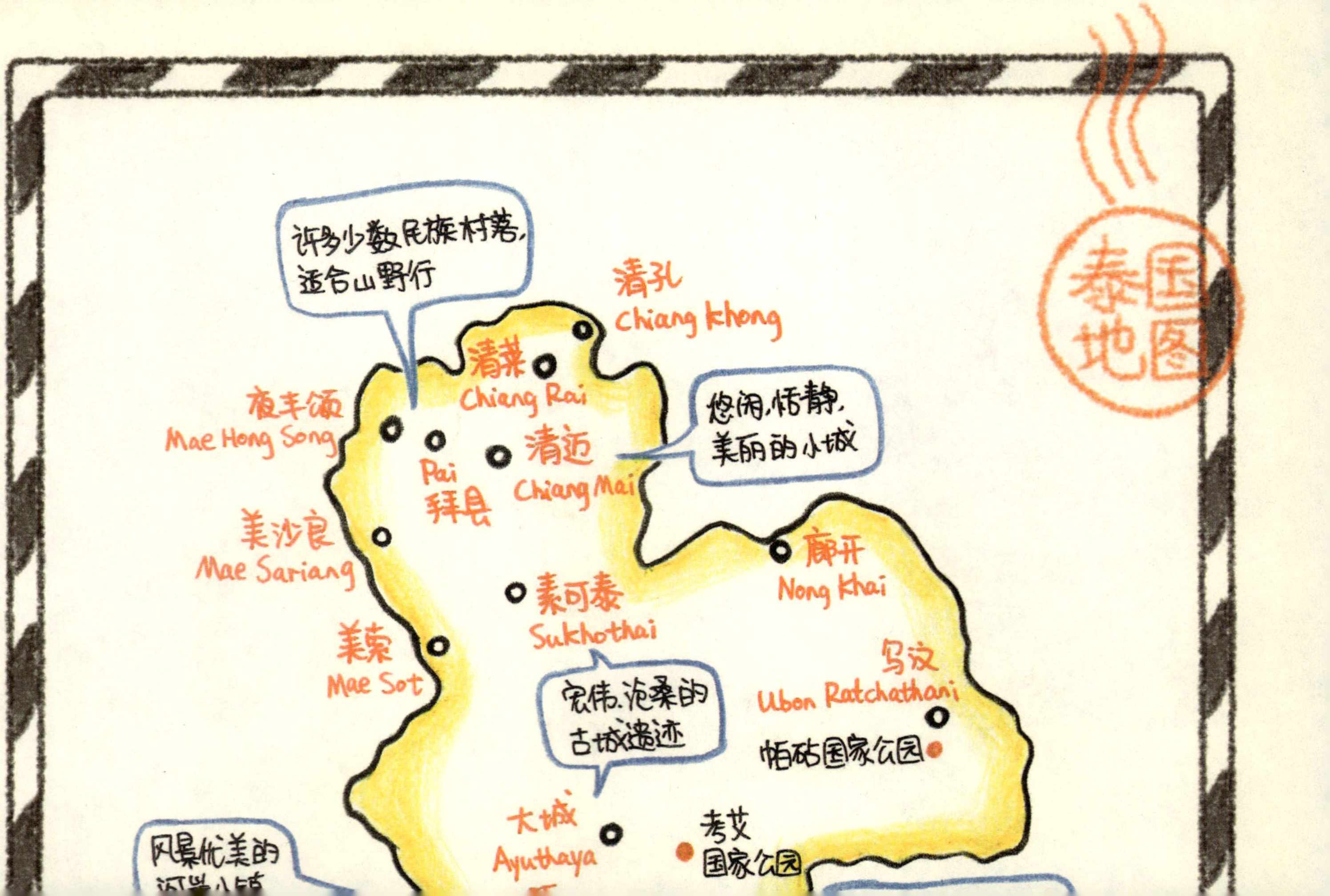

泰国地图
许多少数民族村落，适合山野行
清孔 Chiang Khong
清莱 Chiang Rai
夜丰颂 Mae Hong Song
Pai 拜县
清迈 Chiang Mai
悠闲、恬静、美丽的小城
美沙良 Mae Sariang
廊开 Nong Khai
素可泰 Sukhothai
美索 Mae Sot
乌汶 Ubon Ratchathani
宏伟、沧桑的古城遗迹
帕砧国家公园
大城 Ayuthaya
考艾国家公园
风景优美的

斯米兰群岛
国家公园
华欣
Hua Hin
苏美岛
Ko Samet
象岛
Ko Chang
龟岛 Ko Tao
帕岸岛 Ko Pha-Ngan
苏梅岛 Ko Samui
春蓬
Chumpon
考索
国家公园
普吉
Phuket
宋卡 Songkhla

泰美丽

每年不计其数的游客，推动了泰国的旅游业，也顺便推动了商业和高级骗子的发展。不管是出于自我保护还是彼此尊重，多一些了解，总能让自己成为一个聪明和受欢迎的客人，也可以让旅行更快乐哟。

>>>> 泰国文化知多少 <<<<

冗长的历史难免让人觉得枯燥，所以，简简单单了解一下来到这里应该做什么，不该做什么就好啦（其实有许多风俗文化都和老挝的很相似）。

君主礼仪

泰国人很爱自己的国王，所以切勿践踏任何王室的图片和雕像（泰国随处可以见到国王和王后的照片）。

听到泰国国歌，请起立。也许你不知道他们的国歌是怎样的，那么请看旁人的反应。（有次在吃饭的时候我突然看到别人都站起来了，突然想起这一点，立马放下筷子站起来～）

寺庙礼仪

进寺庙请脱鞋，就坐时不能将脚指向佛像，一般都坐成“美人鱼”姿势。

在拜访任何与皇室有关的寺庙时，是不允许穿短装进入的哦（比如大皇宫）！

社交礼仪

Wai：泰国传统问候方式（配上一个微笑和“萨瓦迪卡”将瞬间缩短彼此间的距离哦）

在泰国许多地方室内都需要脱鞋，看看门口是不是有一堆鞋就知道了。

泰国人认为头部神圣，而脚则最低下，所以不要碰泰国人的头，不要用脚代替手做事。

>>>>> 来学泰语吧！<<<<<

也许是为了吃地道的路边摊，也许是因为一个人旅行太无聊，也许是我觉得要本地化一点才玩得带劲，总之，在泰国我学了不少泰语，当然也大派用场了。如果打算去泰国玩，不如学上几句哦！

一起来学说泰语

虽然说是教说泰语，不过我也只是瞎学的，只能说，勉强可以沟通吧！ -_-

* 泰语分男女

男的加后缀短音kap

女的加后缀长音Ka ← 其实念起来软绵绵挺温柔的呢！

e.g

你好。sa-wa-dee

[男] sa-wa-dee-kap

[女] sa-wa-dee-ka

*关于"r"的发音

[r] 的发音有点像那种大舌头发出来的，其实我觉得和 [l] 有点像呢！

知道了最基本的之后，就来学习一下吧！

日常用语学起来

好像"mai"一般放句末表提问。　和老挝一样！

How are you? sa-bai-dee-mai?　I'm fine. sa-bai-dee.

谢谢。kǒp-kūn.　对不起。kó-tōr.

不客气。mai-běn-de-rai.　再见。lǎ-górn.

好像说"采菜！"

是。cai.　不是。mai-cai.　是吗？cai-mai?

行。dai.　不行。mai-dai.　行吗？dai-mai?

有。mi.　没有。mai-mi.　有吗？mi-mai?

要。ao.　不要。mai-ao.　要吗？ao-mai?

推出来的句子 →

Shopping学两手

How much? tào-rai?　太贵了！pan-bai!

__铢可以吗？__ baht dai-mai?

可以便宜点吗？rot-noi-dai-mai?

- 数字是必须的

0 soon　20 yi sib　30 sam sib

1 noon　11 sib et　21 yi sib et　40 si sib

2 song　12 sib song　22 yi sib song　……

3 sam　13 sib sam　23 yi sib sam

4 si

5 har　100 noon roi

6 hok　200 song roi

7 jed 1000 noon pan

8 bad 2000 song pan

9 gou 10,000 noon muen

10 sib

来来来，吃货无敌～

这个是什么？ ni-kə-a-rai？

这里比较受欢迎的是什么？ mi-a-roi-nèt-nam-mai？

好吃！ a-roi！ 不好吃！ mai a-roi！ 饱饱 wàn

noodle soup guì-diáo
扁米粉 sěn-yài
粗米线线 sěn-lék
细米线 sěn-mì

（以上）点到你想要的！

·口味很重要！

酸 briào 甜 wán 苦 kóm 辣 pêt

辣吗？ pêt-mai？ I Love Spicy！ Chorb ar-han pêt.

不要太甜了！ kor-mai-wán mak.

kor = I'd like, mai = no, wán = sweet, mak = too much

·餐具摆摆看

叉子 sòm 勺子 chóm 筷子 dā-giǎb

来点有爱的！

I Love You.

[男] pom-rak-kum-kap.（pom：男的"我"）

[女] chan-rak-kum-ka.（chan：女的"我"）

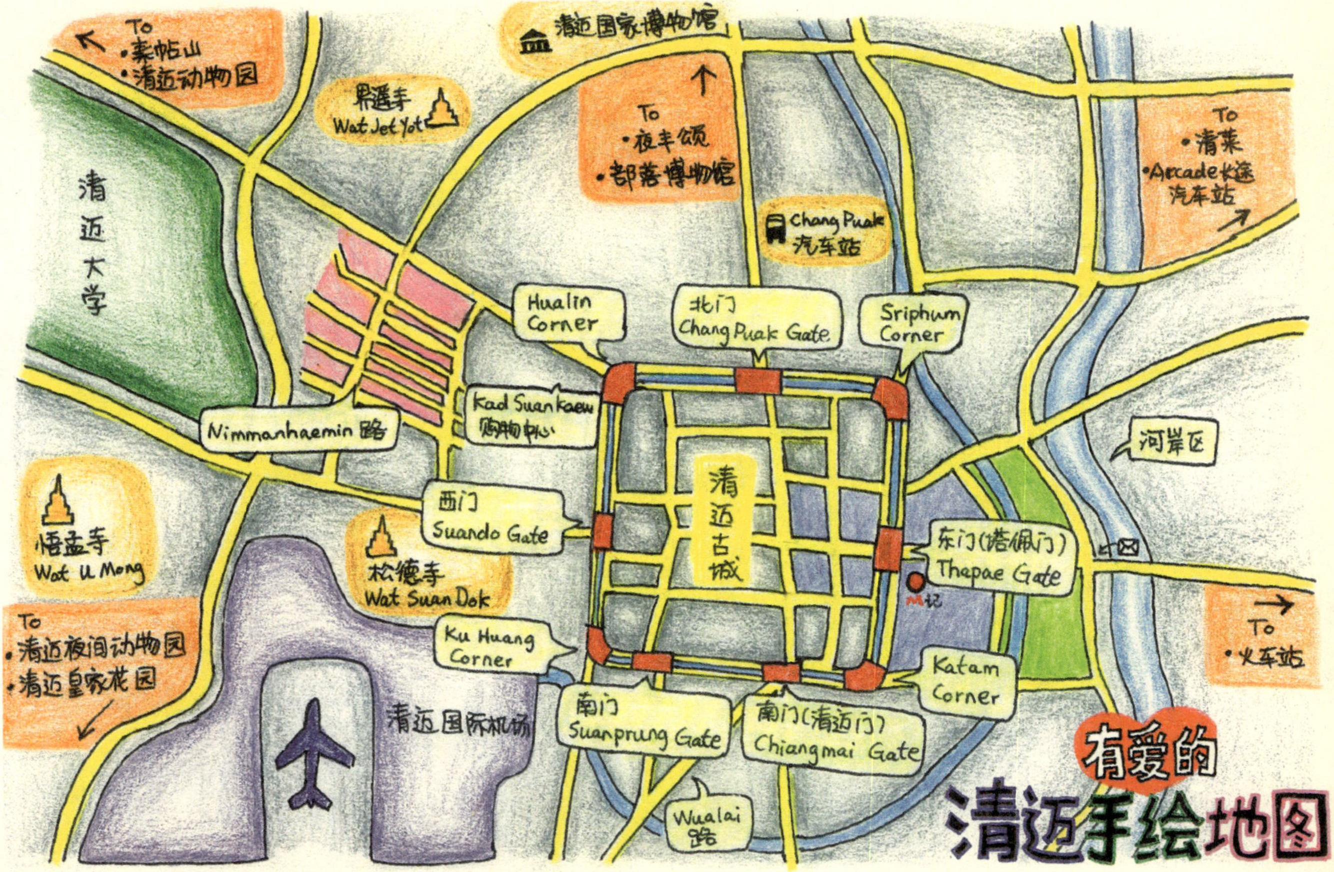
有爱的
清迈手绘地图
To
•素帖山
•清迈动物园
果遥寺
Wat Jet Yot
清迈国家博物馆
To
•夜丰颂
•部落博物馆
To
•清莱
•Arcade长途汽车站
Chang Puak 汽车站
清迈大学
Hualin Corner
北门
Chang Puak Gate
Sriphum Corner
Nimmanhaemin路
Kad Suan Kaew 购物中心
河岸区
清迈古城
西门
Suando Gate
悟孟寺
Wat U Mong
松德寺
Wat Suan Dok
东门(塔佩门)
Thapae Gate
M记
To
•火车站
To
•清迈夜间动物园
•清迈皇家花园
Ku Huang Corner
Katam Corner
清迈国际机场
南门
Suanprung Gate
南门(清迈门)
Chiangmai Gate
Wualai路

我爱清迈·死去活来

应该怎样形容清迈（Chiang Mai）这个地方呢？有微笑的热情，也有雅致的闲情；有逛不完的夜市，也有吃不完的美食；有五花八门的课程，也有眼花缭乱的行程；有内藏大乾坤的寺庙建筑，也有心拥小宇宙的人文艺术……繁盛丰富，却恰到好处，美如玫瑰，开在泰北。

古城初体验

虽然不是邓丽君的歌迷，但也许《小城故事》早在潜意识中就给我为清迈埋下了美丽的种子。这里有着太多其他城市无法比拟的美：在繁华与安逸、现代与历史、热闹与宁静中拿捏得恰到好处，用“一见钟情”来形容我对这座城市的感受，一点也不过分。

古城里面不乏寺庙。如果有充足的时间，在这里跟随地图漫步一圈，可以感受到清迈悠然的气息。

I ♥ Chiang Mai!

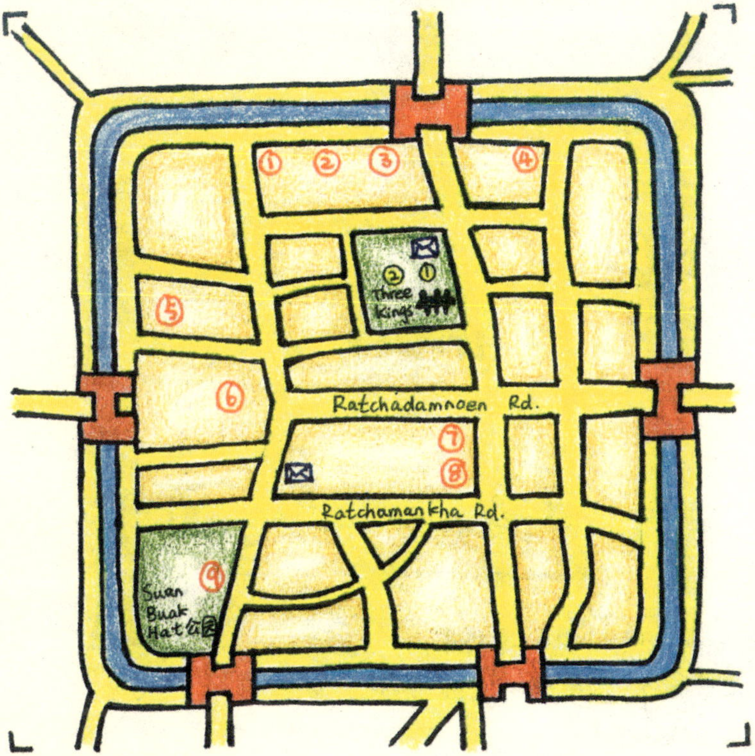

① Wat Montien

② Wat Kuan Ka Ma

③ Wat Mor Khum Thuang

④ Wat Chiang Man（清曼寺）被认为是清迈最古老的寺庙。

⑤ Wat Prasad

⑥ Wat Phra Singh 供奉着狮佛帕辛（Phra Singh），是清迈游客最多的寺庙。

⑦ Wat Pantao（盼道寺）大殿是完全用柚木板造的。是狗年出生的人必须朝拜的。

⑧ Wat Chedi Luang（大佛塔寺）被认为是古代清迈最高的建筑之一。

⑨ Wat Puak Hom（帕烘寺）受缅族佛塔风格影响，有特别的"堆叠球体"式样。

① 女子监狱按摩中心 享受泰式按摩的好去处。

② 清迈市艺术文化中心 可以对清迈历史有个粗略的认识。

而寺庙之外的清迈，也同样大放异彩！

清迈市集大集合！

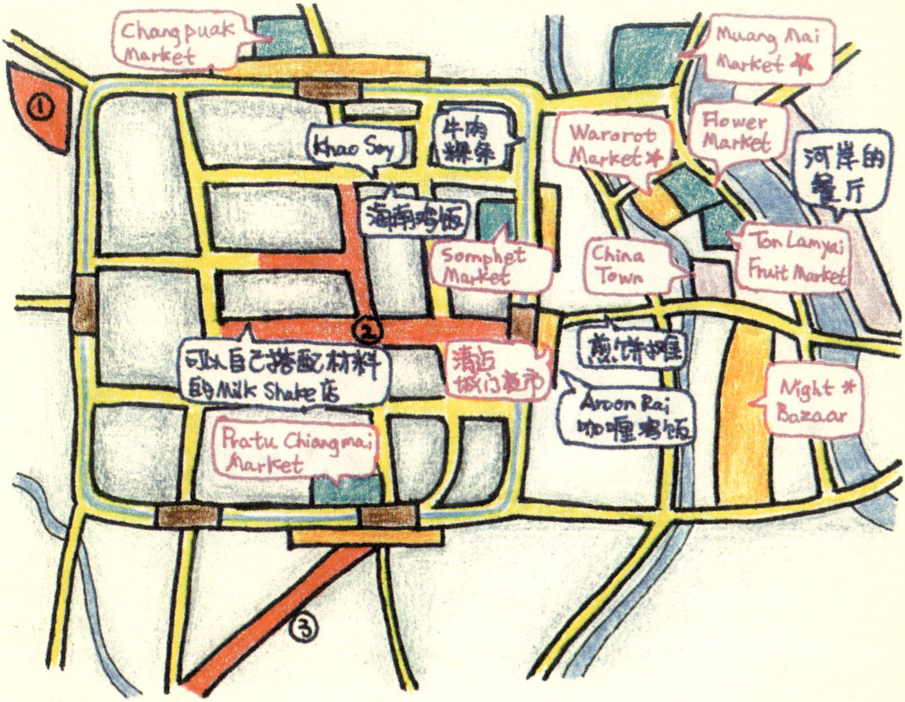

周末市集　夜市（Everyday）　市场

① Kad Suan Kaew
购物中心门口，
每个周四、周五晚上

② 塔佩门及Ratchadamnoen
路和分支的周日市集，
清迈最大的周末市集。
每个周日晚上

③ 南门（清迈门）外的
Wualai路上，
每个周六晚上

Night Bazaar：
著名的旅游中心，邓丽君逝世的皇家美萍酒店就在附近。不过购物的性价比一般。

Warorot Market：
白天是清迈最大的市场，卖各种商品货物，晚上则变成夜市，有许多便宜的美食。

古城门外夜市：
几乎每个门外都有夜市喔！

Muang Mai Market：
乱逛发现的一个菜市场＋水果市场，这里的水果便宜得令人发指！

>>>> 市集市集看不停 <<<<

Bazaar，市场或市集，大概是体验一个地方本土文化的最佳入口。在清迈（确切的说是整个泰国行），我几乎已懒到不想出古城，但唯独当我想照着地图一个个找市场逛的时候，我才愿顶着哪怕 12 月也依旧猛烈的大太阳出门开始新的探索……

I ♥ Saturday & Sunday Market!

>>>> 大开吃戒 <<<<

旅行，有人为了冒险，有人为了体验，有人为了徒步，有人为了购物，但总有一个目的是一致的，那就是——美食！

可以说我来泰国有一半是为了美食而来，当我在清迈晃荡了一天，我得出的结论就是——好多吃的啊！以至于我在这里的每一天都是吃撑的一天，但在这里待了一个星期，也仍有许多许多美食是没有吃过的呢！

主食篇

Khao Soy Kai 鸡肉咖喱面

加了椰汁的咖喱是泰式咖喱的一大特色，实在太销魂了！

海南鸡饭

源自中国海南的菜式，却在东南亚发扬光大了。

Yam Taa Fo（按发音乱拼的）

在路边摊看到有人吃就跟着点的一个汤粉，红色汤底，味道不错。

海鲜炒饭

感觉老挝和泰国的炒饭都普遍很好吃！

Tom Yam Kung 冬阴功

酸酸辣辣的鲜虾汤，P256 有介绍做法。

菠萝炒饭

混杂着清甜菠萝和腰果、肉松的泰式炒饭，是我的至爱。

芒果糯米饭

也许其实更算得上是一道甜品吧，P254 有介绍做法。

Pad Thai 泰式炒粉

泰国最常见的一道街边美食，喜欢上面撒了花生粉的味道。

香甜椰子糕，便宜又好吃
超可爱的煎鹌鹑蛋
回味无穷的芝士球
有名的泰式烤肠，但觉得味道怪怪的
常见的泰国街头小吃，甜到腻
各种甜美糖水，觉得泰国的甜品都超甜
料很足的什锦烤串
小吃篇
很辣但很够味的青木瓜沙律
似乎是豆腐块之类的
泰式油条&蛋糕，蘸绿色甜酱吃
口味众多的煎饼，其中香蕉煎饼最受欢迎
香甜的煎椰子糕

泰国是一个色彩丰富的国家，这一点在食物上就体现得淋漓尽致，也让我总觉得自己吃进了不少色素……

饮品篇

除了饮料本身有许多种选择，还可以自由搭配放在饮品中的食物，从奥利奥等饼干、燕麦谷物到各种糖果一应俱全，好味又好看。

>>>> 一起学做泰国菜 <<<<

清迈是个文化气息十分浓郁的地方，除了因为兰纳王国的悠久历史和清迈大学的人文氛围，或许也和众多学习课程有关。在这里，我参加了一个学做泰国菜的课程，虽然回想起来做法挺简单，也算一次有趣的经历吧。

清迈有许多课程可供选择，让人感觉分外充实。

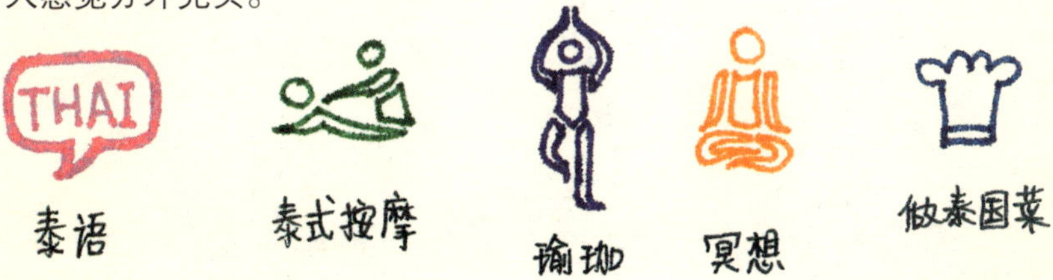

到达报名参加的 Thai Cooking Class 的地方后，先享受了一番 Welcome Snack，泰语叫 Meang Kum。

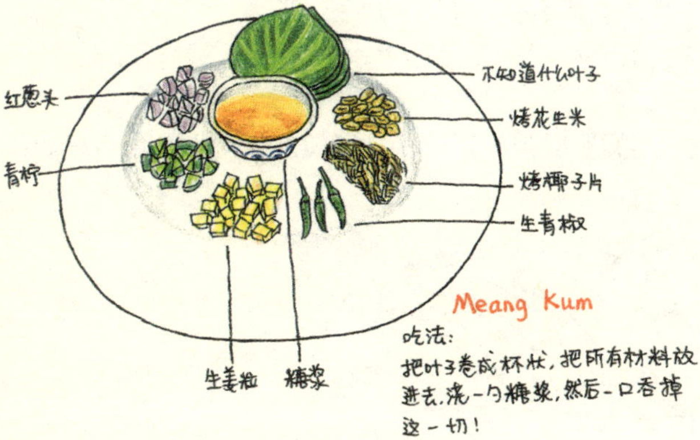

然后老师带我们到这里的小花园，认识一些泰国菜必备的食材。面对这些泰国特有的食材，我忽然有种回国做泰国菜无望的感觉……

然后就开始学做菜啦！我一共学了 4 个菜，虽然材料在国内不一定能买到，不如也简单分享下做法吧！

一起来做泰国菜

芒果糯米饭 Mango Sticky Rice

红咖喱 Red Curry　绿咖喱 Green Curry

冬阴功 Tom Yam Kung

学做泰国菜的那天是我在清迈的最后一天。待足一个多星期，感觉也该继续前行了。虽然对接下来的旅途满怀期待，但这一次离开清迈，是我最舍不得的一次别离。

爱在拜城

对于拜城（Pai）的认识，我是从泰国电影《爱在拜城》开始的。这个泰北小镇因为气候宜人、景色撩人，同时受到外国人和泰国人的喜爱。

和《爱在拜城》一样，我的拜城之行也是由著名的762个弯开始的。“太多的弯”+“开的太快的Mini Bus”+“也许昨晚吃多了”=“我居然有点想吐了”……真是千古奇闻啊，我这种坐遍西藏无敌手的人居然有点不舒服！不过最后还是被我用睡功抵挡过去了，不然还真要在国际友人面前丢人了……

下车找房，拜城的住宿还真不便宜，一个人就更贵了。找了个相对便宜的大床房，大概是我这次旅行中性价比最低的了……

史上最简陋小木屋，尽管外面看起来不错。

拜城的中心区主要集中在由拜河蜿蜒而成的一个山谷里，半天基本就能逛个遍。不过白天的主街道，晚上摇身一变就成为 Night bazaar，让人又可以“再认识”一番。

而且，拜城虽小，却让人很喜欢！因为——

PAI真的好有爱

满大街都是可爱得要死的小店，店面装饰都很精致，而且都是 Love Love 的，是不是拜城在做旅游开发的时候就已经拟定用“爱”做主题呢？这样还真不错，可以形成一套自己的风格和文化，独具魅力。

爱在拜城

店面，邮箱，Pai is falling in love，杰克船长，交警，孔明灯，LOVE 主题的纪念品，连药店和网吧都很有爱！

拜城很流行寄明信片，到处都是邮筒，而且很好看。

一个小商店外面写明信片的背景板，好有爱！

这里的
小店都布置
得很精致，
连网吧和药
店都是哦。

这里的私人信箱也很精美漂亮。

邮局旁边有一张巨大的“明信片”，邮票有镂空部分，可以站在那里露个脸当邮票哦！

晚上的路上有立着的路牌和一些文字板，写满了对拜城的爱。

最有趣的是，连宣传海报上的交警都被弄得很有爱。晚上还真看到他在路边弹吉他唱歌呢。

一家明信片店铺门口出现了一个杰克船长！这里贩卖着许多以他为主人公的明信片。

紫薯丸子椰奶

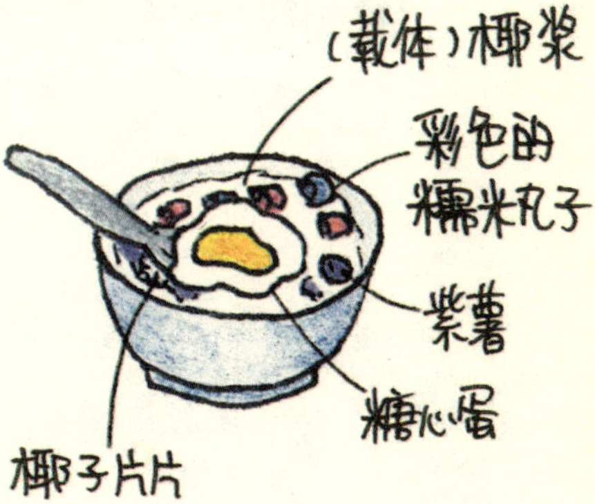

在游晃的时候我又继续发挥吃货的雷达扫描功能，在这里又发现了几种小吃，哈哈，真是无敌啊！

回国后我自己尝试着做过这个糖水，做法简单又美味！

晚上逛完 Night Bazaar，回客栈的时候看到隔壁客栈有 Jazz Show，跑去凑了场热闹。女主唱来自法国，很可爱的样子。其实像她这样背着吉他一边表演一边旅行，好像也挺好的嘛！

拜城之所以吸引许多人前往，其实更因为附近的风景。虽然以前看过许多无敌的景色了，我还是决定花一天时间晃荡一下，因为不会骑摩托车，只好踩单车。

连租金押金都不要我交，就让我把车骑走了！这里的人善良得简直要把我感动哭了~

出发！为了看电影里出现过的二战纪念桥，我选择往南，结果累趴了也没骑到……

感觉泰北的路就是为了摩托车而存在的，无数个超级无敌大坡，彻底打乱了我本来的计划。不过一路骑行，总算也遇上些可爱的地方，比如地标般的“Coffee in love”。

这个著名的咖啡屋应该是每个来拜城的人都会“到此一照”的地方了，周围的风景也还不错，走了一圈发现连厕所的标识牌都很幽默。

一路骑行，在路上看到一块画着漂亮风车的路牌，写着“Bann Kung Kang de Pai”，心想这个“Bann”应该就是泰语的村子“Ban”的意思，以为是个人文村落，结果发现是个度假村……

但是！这还真是个漂亮的度假村啊！五颜六色的房子、风车和满地的鲜花，只是……感觉还是度蜜月更合适吧。然后，我看了看地图上我的位置，二战桥是去不成了，回吧，好在还有拜河，作为拜城最近的自然景观，为我带来一丝安慰。

拜河两岸有着有意思的Indie Cottage和简陋的小帐篷，住在这里也别有一番风味吧。

因为觉得拜城更适合情侣度假，也因为还要继续赶路，所以第三天我就告别这里啦。下次再来，希望不要再是一个人了哦！

非主流山地路线

从夜丰颂开始，我走上一条游客罕至的路线，这让我更彻底地成为一个“独行侠”，不过在这条偏僻的路线上，我感受到了更多的淳朴和友好。

>>>> 雾色弥漫夜丰颂 <<<<

告别了“Love Love”的拜城，今天要向“三重雾都”夜丰颂出发啦。夜丰颂拼作 Mae Hong Song，但不知道为什么会译成夜丰颂，不过我觉得这个名字挺好听的……

拜城到夜丰颂的 Bus，接下来一路都要坐这样的红色小巴士啦！

事实上，来夜丰颂一般都是要参加 Trekking Tour 的，结果这里人少，凑不够人，早知道还不如在清迈报名呢！雾之城啊，我就要与美貌的你失之交臂了！

本以为可以在夜丰颂做的事，统统只能留着作为下次再来泰国的借口了。

Long Neck Karen

长颈族是泰国北部和缅甸边界的少数民族克伦族（Karen）的一支巴东（Padaung）族，据说这里以脖子长为美，所以女人一直都保持着在颈项套上铜环的传统习俗。

我想，长颈鹿会是长颈族崇拜向往的美女吗？

随便晃荡，夜丰颂市区可逛的不多，不过这里的寺庙看起来和清迈看到的又有些不同，或许是受缅甸影响的原因吧。

但夜丰颂市区还是有地标式景点的，那就是Jong Kham湖和湖畔的两座寺。琼昆寺（Wat Jong Kham）和琼可兰寺（Wat Jong Klang）连成一片有点分不清彼此，晚上灯火通明的时候倒映在开着莲花的Jong Kham湖上，意境很美。

在寺庙里看到有似乎是夜丰颂府的旅游宣传画，通过不同的装饰打扮体现各种少数民族风情的小人偶画，看起来好可爱！

今天平安夜，看到有小朋友表演节目的晚会“Small World Mae Hong Song”，看着很欢乐，心里却更落寞了。

>>>>> 美沙良的圣诞宴 <<<<<

越是远离游客区的地方，越能感受到最淳朴的热情，这一点在美沙良（Mae Sariang）得到了很好的印证。在这个几乎无人问津的地方，我收获了一个意想不到的圣诞节。

MERRY CHRISTMAS!

到达美沙良的时候已是傍晚，一个骑着摩托车的泰国人见我背个大包，义愤填膺地载着我找旅馆，在他的热心之下我顺利住下来，尽管旅馆无比简陋。

虽然已经不打算过什么圣诞节，但我对 Trekking Tour 依旧不死心，于是跑去附近 Northwest 客栈打听，客栈老板居然邀请我参加他们今晚的家庭聚餐。虽说盛情难却，我心里却还忐忑着会不会被坑一笔昂贵的晚餐费呢？结果发现我小人之心了啊！

在这场家庭聚餐上，客栈老板还宴请了在这里做志愿者的老外，感觉十分温馨。

晚餐是泰式火锅，看起来简单的炉子既可以涮又可以BBQ，一物两用哦！

客栈老板扮的圣诞老人，太可爱啦！

一边聊天一边叹美食，忽然有人吹着萨克斯来了——还出现了一个圣诞老人！本以为要孤零零地过圣诞，却遇到这样意外的惊喜，我开心到爆棚啦！

和大家一起欢笑，聊起天，发现似乎在美沙良这样的偏远小镇，能见到的老外多半都是支援山区的志愿者。不过说起来，这个地方其实很有变成旅行热点的潜力！因为第二天我骑车在周边逛，就看到了一个很漂亮的美沙良。

附近一个建在山上的寺庙，树木葱葱郁郁，应该是一个真正的“森林寺庙”吧。

>>>>> 美索，隔河望缅甸 <<<<<

从中尼边境的樟木起，我对边境小镇就分外有好感，那种将两地风情融为一体的混搭风，总给人一种不知自己究竟身在何地的错觉。

看到写着“全德善堂”的华人牌坊，一时无限感慨。

神奇的是，美索（Mae Sot）给我的感觉是三个国家的混合体。在这里除了泰国和缅甸之外，还有中国的痕迹！身在异国，现在对于中文和写有“China”字样的事物都特别敏感，一个人游荡的夜晚，听到 MP3 里播放起布衣乐队的《羊肉面》，“你回家吧，困难的时候，回家妈妈给你做最喜欢的呀……”离家这么久，第一次因为想家哭了……

夜市看到卖燕窝的招牌，价钱低得吓人。

在“中国风”之外，来自周边的各种少数民族也让这座城市显得丰富有趣。这里有穿着纱笼裙的缅甸男人，身着山地服装的克伦族妇女，全身包裹地严严实实的穆斯林，以及来自国外的志愿者……我想，这就是美索作为泰国最具文化多元性城市之一的理由吧。

各种国籍、各种民族的人混杂在一起，这就是边境小城的特色。

各种装束的人

因为只把美索当做一个途经之地，我在这个边境小城没有做太多停留。不过当地市场，当然不得不去。

Pacharoem Market

有趣的 Pacharoem Market，有种集万象于一身的感觉。普通的生鲜蔬果、干货，来自缅甸的稀奇古怪的玩意儿，中国的廉价商品，看得人眼花缭乱。

神奇香木粉

在这里最常见和最具特色的是一种木头。

用这种檀那卡香木的树皮磨成的粉，可是这里的美容圣品哦！

边境市集真的很边境，因为它就在一块写着“Moei 河最西部”石碑的旁边，以示自身特殊位置。

边境市集

好多宝石！

各种华贵的宝石、玉石，价格不算便宜，但如果在中国肯定更不便宜。

>>>>> 素可泰：幸福的破晓 <<<<<

被认为是暹罗第一个都城的素可泰（Sukhothai），有着庞大壮观的历史遗迹群落，不过除此之外，吸引我的还有素可泰这个词的含义——幸福的破晓，好像给我一种去了那里就可以找到幸福的感觉啊。

想象归想象，我终究只能一个人去，一个人逛，也算自由自在吧。素可泰分为古城和新城两个部分，虽然这对游览古迹多少造成不便，但对于保护珍贵的历史遗迹来说的确卓有成效。

既然来到这里，古城的素可泰历史公园当然是非去不可的。这座庞大的历史遗址群分为东西南北中五个区，我顶着烈日踩了一天单车，也没能看个遍。

素可泰骑行图

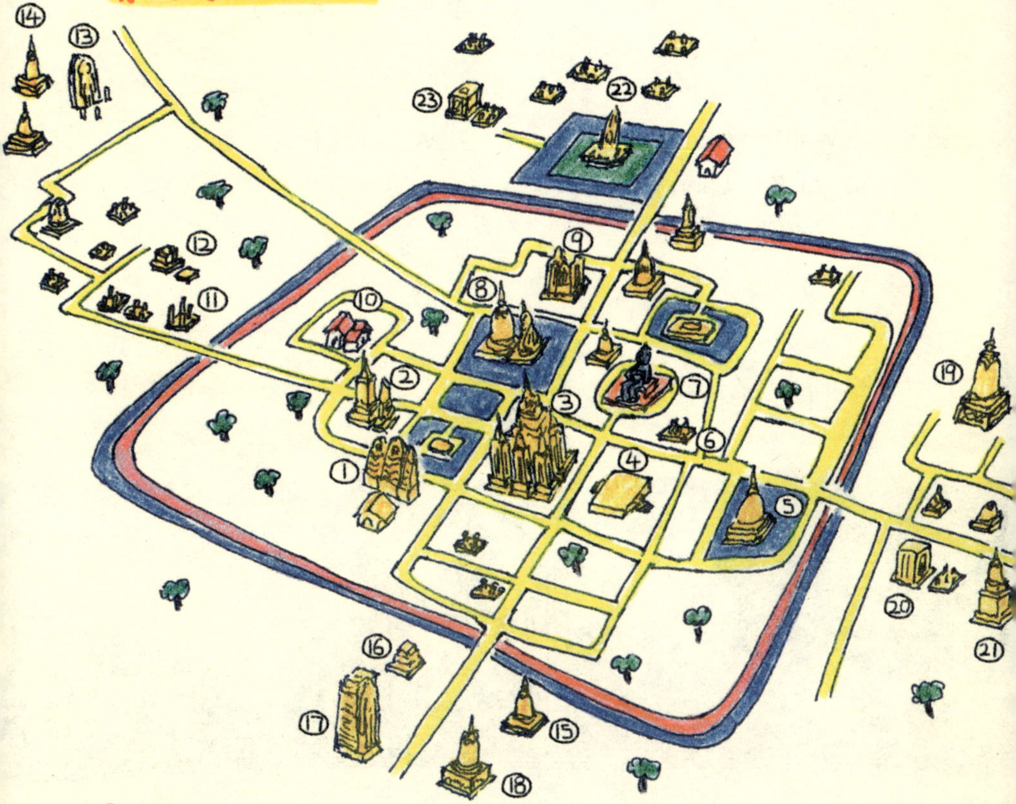

Center

1 西沙瓦寺

2 Wat Tra Phang Ngoen

3 玛哈泰寺

4 Noen Prasat

5 金池寺

6 Wat Mai

7 King Ramkhamhaeng Monument

8 沙西寺

9 Ta Pha Daeng Shrine

10 素可泰遗址公园办公室

West

11 Wat Si Thon

12 Wat Pa Mamuang

13 Wat Saphan Hin

14 Wat Khao Phra Bat Noi

South

15 Wat Ton Chan

16 Wat Kon Laeng

17 Wat Chetuphon

18 Wat Chedi Si Hong

East

19 环象寺

20 Wat Trapang Thong Luang

21 Wat Chedi Sung

North

22 Wat Phra Phai Luang

23 西春寺

素可泰古城最经典的一幕，应该就是古城遗迹倒映在莲花池中的场景。

骑车环游四周，这座古城当年的辉煌已随时间淡去，建筑只剩下众多的石柱。对着这如同在老照片中的庞大的历史遗迹，似乎可以想象当年这里曾有过怎样的恢弘。

作为泰国文化摇篮的素可泰，王朝兴盛的13-14世纪，被普遍认为是泰国文化发展的“黄金时期”。在这期间兴建了许多恢弘的佛寺和宫殿，在历史的洗礼下，如今已华丽不再，却平添几分古朴之美。

这些镶嵌着石大象的佛塔，
曾经也是穿着金衣裳的吗？

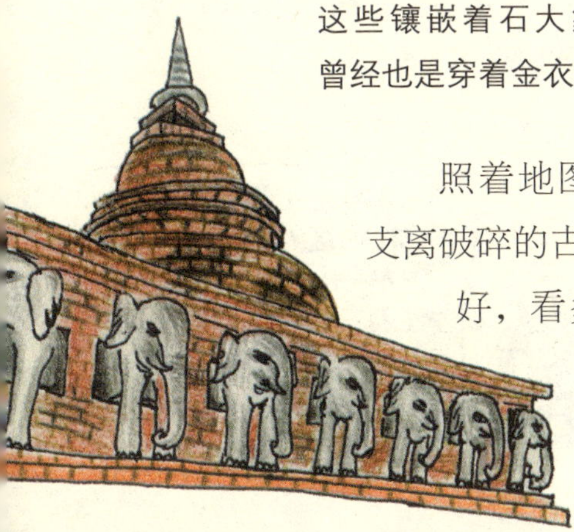

照着地图绕着古城走，基本上都是些支离破碎的古建筑，只是有的保护得相对较好，看多了难免觉得心里有种悲凉之感。随着黄昏来临，我告别这昔日的辉煌之地，明天就要在曼谷迎接全新的开始啦。

曼谷大都会

很难想象，我记忆中最早关于曼谷的知识，来自于小时候看的《正大综艺》，那里面介绍说，曼谷的全称是世界上地方名最长的。

它的全称是：

The city of angels, the great city, the eternal jewel city, the impregnable city of God Indra, the grand capital of the world endowed with nine precious gems, the happy city, abounding in an enormous Royal Palace that resembles the heavenly abode where reigns the reincarnated god, a city given by Indra and built by Vishnukam.

而曼谷（Bangkok）这个名字，是泰国为了外国游客给首都的一个简称。怎么听起来像个冷笑话呢？

如果没有曼谷这个名字，我在订机票的时候是不是要这样说呢？

>>>> 新年快乐，考山路！<<<<

无论如何，为了度过新年这个特别的日子，我踩着时间赶在一年的最后一天到了这个“集各种神奇于一体的大都会”。

作为一个不那么富裕的自由行独游侠，热闹非凡的考山路（Khao San Road）应该是个比较好的去处——尽管，这个包罗万象的游客区在我看来远不及清迈古城可爱，不但住宿比不上清迈的好条件和好价钱，我住的便宜小旅馆居然连毯子都要花钱租呢。

这就是世界著名背包客的聚集地——考山路啦！

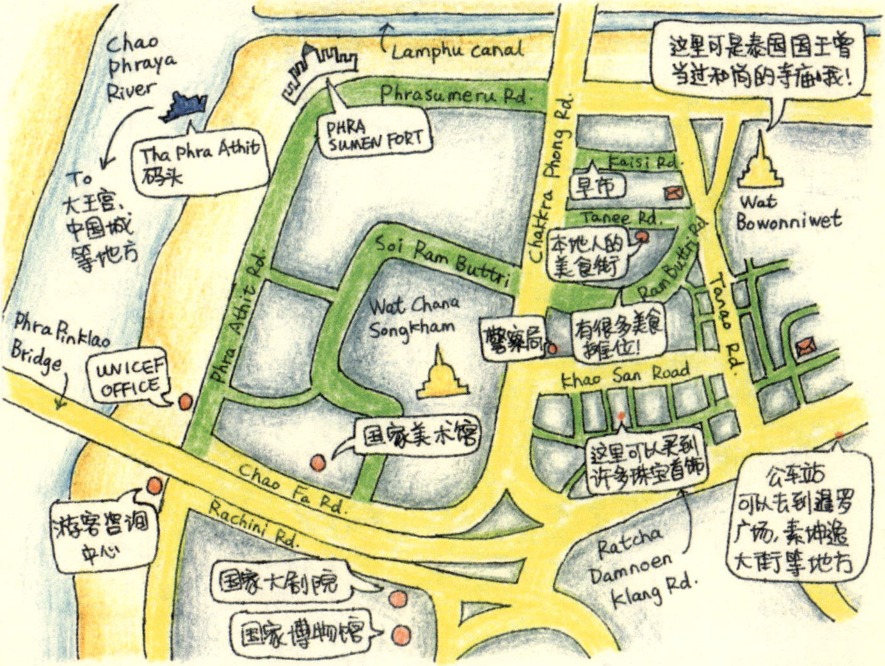

一个人漫无目的地在四周晃荡，居然几次遇见同一个女孩，后来不知道是谁先搭的讪，接着就聊了起来。她叫孙美京，是韩国人，跟团来泰国旅游，晚上自由活动就一个人来到了传说中的考山路。哈哈，相识的缘分啊，二话不说我们找个了酒吧喝开始小酒……

两个飘荡的灵魂在考山路偶遇，加上新年前夕的催化剂，很快我们也加入到周围的疯狂之中，一直到新年钟声敲响，在人群中跳舞撒野完，才各自散场。

>>>>> 好大一尊佛 <<<<<

考山路之所以游客扎堆，我想是因为它的地理优势。考山路在曼谷诞生地拉塔那古辛岛（Ko Ratanakosin）上，这里聚集了大王宫（Grand palace）、卧佛寺（Wat Pho）、玉佛寺（Wat Phra Kaew）等众多景点和最具老式曼谷特色的建筑，对于想体会曼谷真正特色的人来说实在太适合了。

拉塔那吉辛古島景点地图

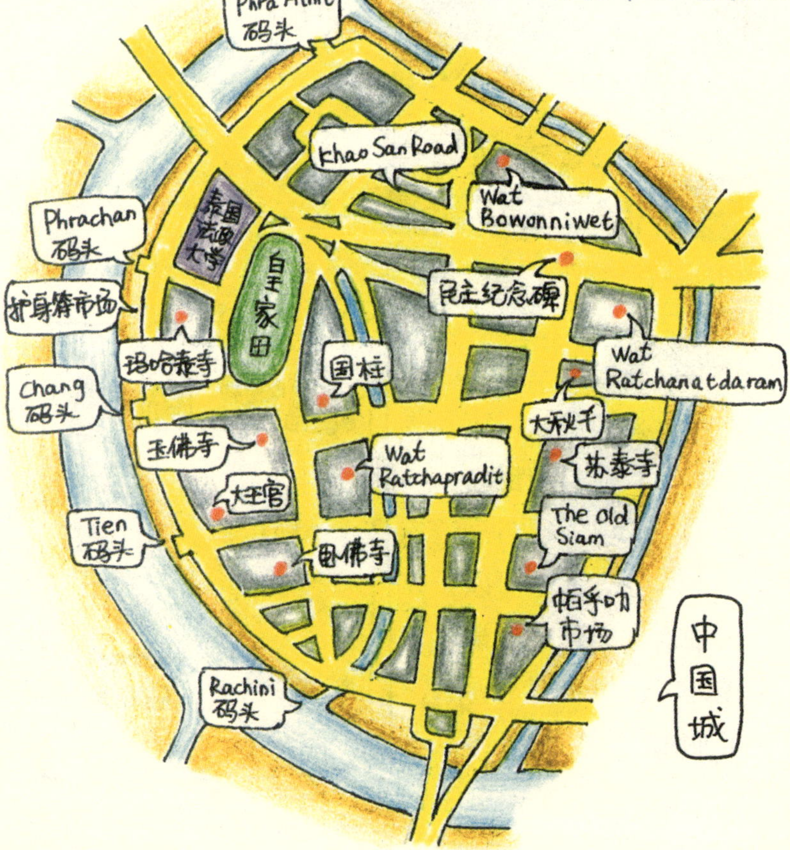

不得不说这里的寺庙宫殿都是精美绝伦的。只是在看过太多金碧辉煌的建筑后，我渐渐有些审美疲劳了。新年过后，信徒纷纷涌向寺庙，为初来乍到的一年祈福，这种香火旺盛的人气，倒是让我觉得多了几分新鲜，但也少了几分清净。

寺庙里看到大家都在柱子上绑五颜六色的绸带来祈福。

步行到大王宫，门口的告示将像我这样穿着短裤的人狠狠地拒之门外了。参观任何与皇室相关的寺庙都不可以穿无袖衣、短裤、短裙和拖鞋，这次我算是得到了血淋淋的教训。

不过大王宫想必也就是整片金灿灿的建筑了，其实在附近还有其他寺庙参观，但看过太多这样的建筑，也没有太多让我眼前一亮的，唯独卧佛寺中那尊无比巨大的佛，给我留下了深刻的印象。

据说这尊卧佛长 46 米，高 15 米，是世界上最大的卧佛。

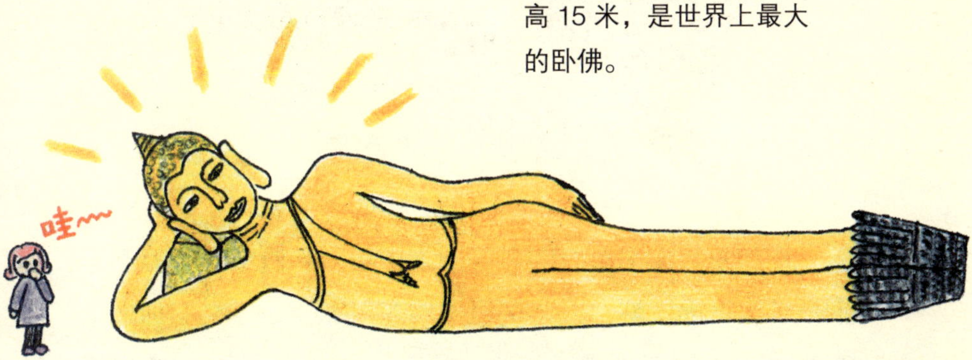

>>>> 加都加，逛到趴 <<<<

算得上世界数一数二大市场的加都加周末市集（Chatuchak Weekend Market），也因为它的名字 Jatujak 而被亲切地简称为 JJ，呃……不许想歪。

既然是个如此重要的市集，当然需要交通便利——尽管似乎有点远。从考山路就有公车可以直达，这一点挺不错的。

怎样去到Chatuchak

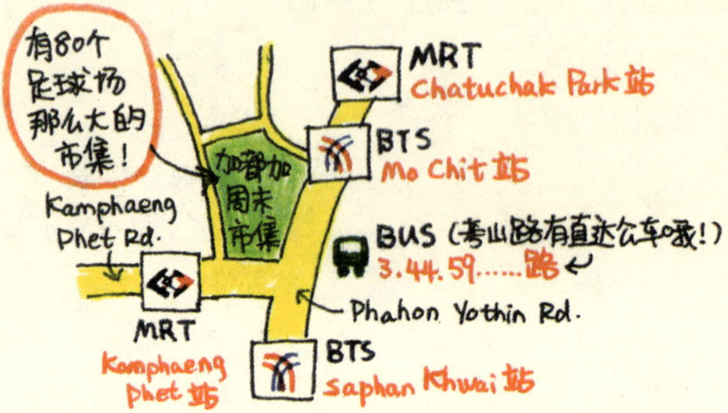

用包罗万象来形容加都加周末市集，大概觉得“万”这个数量还远远不够。因为这里卖的东西实在太多，加都加又实在太大了！加上如迷宫般的分支，我觉得带个 GPS 都很难保证可以明确自己置身何处。所以，尽管有地图，大概也只能在想离开的时候勉强为自己指一条明路吧。

所以，尽管我花了整整一天的时间在这里逛到累趴下，我仍觉得我连走马观花都谈不上。但是，我依旧看到了许多玩意儿，也收获了不少战利品哦！

>>>>> 向市中心出发 <<<<<

老实说，对于全世界可能都大同小异的都市、商场，我实在没太多兴趣。所以顶着已是冬天却依然火辣辣的太阳出门的我，此行的目的除了体验一下颇有风情的船之外，就是看看传说中的四面佛。四面佛是佛教中的大梵天，而印度教中创造宇宙的神也是大梵天，不知道二者有没有什么关联呢？

四尊佛面，顺时针次序分别代表爱情、事业、健康与财运。也许因为如此，拜四面佛也是有讲究的哦！首先在门口买祭拜品，一般有四枝香，四个花环，一支蜡烛，从正面顺时针依次拜过去，每一面都点香、放花环，蜡烛则点在想许愿的那一面，最后在用旁边的圣水洗洗脸、摸摸头，就 OK 啦！

有求必应的四面佛在泰国很受推崇哦！

贴士

四面佛位于曼谷市中心爱侣湾的Ratchadamri 路和Phloen Chit 路的交界，邻近君悦酒店和 BigC，在东南亚乃至整个亚洲都很有名哦！

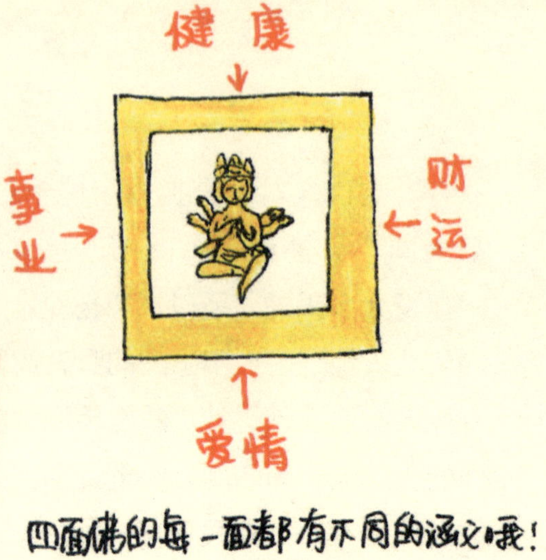

拜完四面佛，在附近的商场逛。看到商场门口的广场也有人在诚心拜佛，这种传统的虔诚和现代的商业产生了强烈对比，让人有种很奇妙的感觉。

生死一线素林岛

>>>> WELCOME，WARM COME <<<<

知道素林岛完全是因为网络。有一篇文章把那里描绘得如世外桃源般美好，让我最后放弃了苏梅岛（Ko Samui）——帕安岛（Ko Pha Ngan）——龟岛（Ko Tao）一线，在一个晚上从曼谷坐上开往普吉的大巴，踏上这一段前途未卜的路。

开往普吉等南部地区的大巴，都在曼谷南部汽车站。

对于曼谷坐长途汽车这个问题，一般来说，想去哪个方向，就去对应方向的车站。

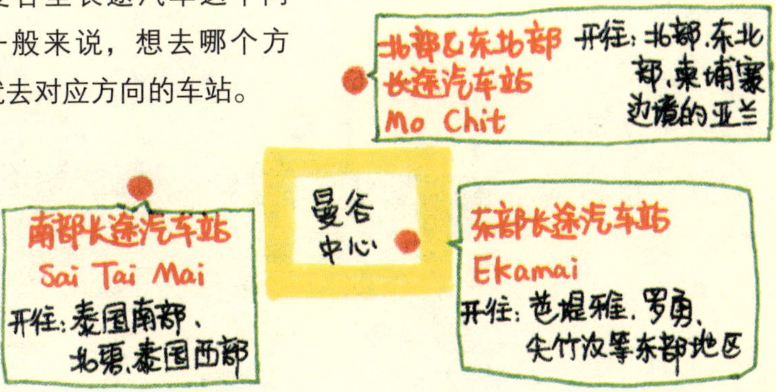

起先的素林岛之旅堪称完美。清晨在 Khuraburi 下车之后，找旅行社租帐篷，接着便去码头坐开往素林岛的船。船票并不便宜，但看到久违的蓝天碧海（又是一个 Window 桌面啊），心情很快就好到无敌。

对于游客而言，素林岛的全称是素林岛国家海洋公园（Surin ilands marlne national park）。好像这个岛对游客开放的时间和上岛人数都有规定，出于环境保护，这里对游客有严格限制，甚至每个游客区只有一个简陋的餐厅提供餐饮服务。

虽然不像我以为的旅游景点那样有多姿多彩的生活，不过这种纯净却让我爱得欲罢不能，因为这样才能最极致地投入海的怀抱，不负这清澈的汪洋！

在这里，我遇上了从普吉来度假的泰国人，他们热情地邀我加入了他们的队伍。直到现在，回想起那时跟着他们一起出海浮潜、吃饭聊天，弹吉他唱歌的日子，都让我激动不已呢！

>>>>> 水下大世界 <<<<<

浮潜大概是我此行最大的目的。当我看到便宜到无敌的浮潜价目表，以及素林群岛的地图，我就知道我不枉此行了。

素林岛浮潜图

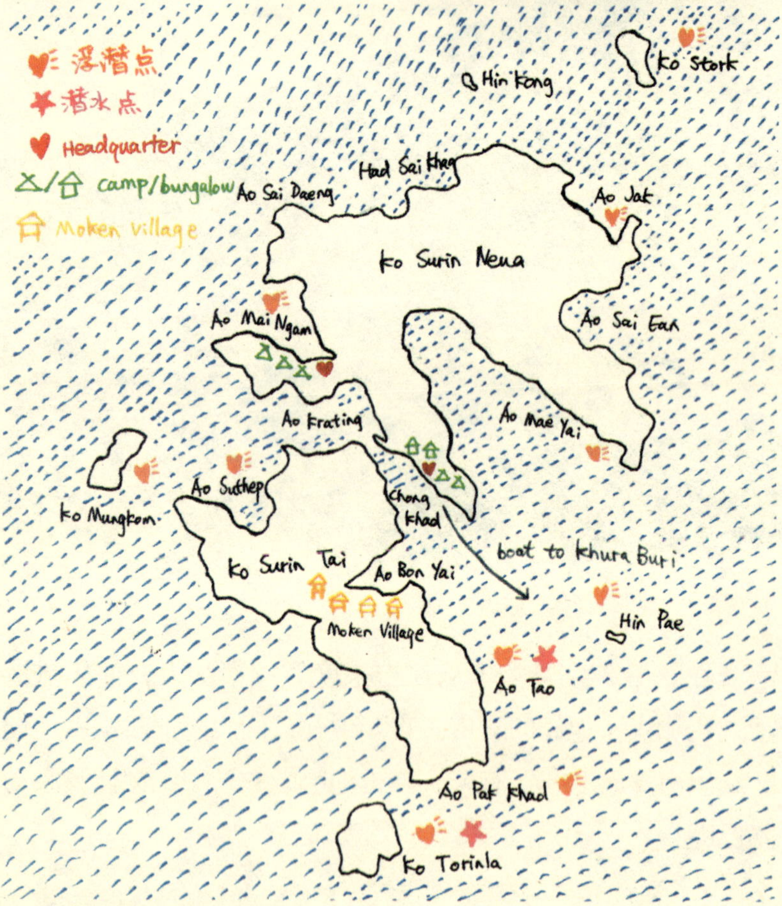

在素林岛的前两天我都是跟着那群泰国人混的，他们包船带我出海，一起浮潜，随行关照，玩得不亦乐乎。相对于潜水来说，浮潜难度不高，也能看到神奇的海底世界哦！

简单来说，浮潜就是这样的：

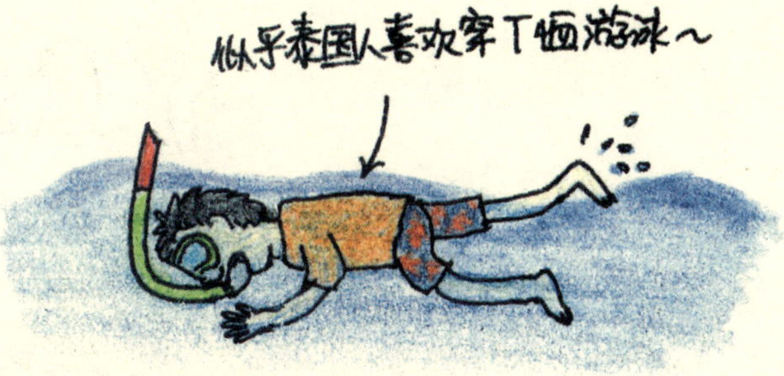

浮游在水面，头埋在水下，

因为海水很清澈，可以看见许多生物。

当我把头埋下水，看到那么多见所未见的生物，那么光怪陆离的海底，我觉得自己进入了另一个奇幻的世界，一个在陆上前所未有的世界。这种身临其境，和在海洋公园看到的完全不同，简直让我不舍得把头抬起……

好多好多鱼！

>>>>> 世界之外的Moken村 <<<<<

素林岛除了浮潜，还有一个 Moken 村，这里的居住者据说是当年普吉岛海啸过后定居在此的渔民。几排简陋的小木屋齐刷刷地立在海边，有种隐然于世的感觉。

在这个村落每年都会举行一次盛大的祭祖活动。其实在

门口屹立着的彩绘图腾 Law Bong 就可以看出这里的神秘色彩。不过对于游人而言，这里始终只是一个去素林岛时顺便游玩的地方。

在素林岛的第二天下午，我送着那群泰国人离开。一个人回到不算大的沙滩无聊地发呆。晚上报名参加第二天的浮潜，回到帐篷，回想起这两天的快乐时光，听到外面下雨，起风，心里有些失落。

和他们在一起的这短短的两天里，留下了太多美好的回忆

这大概是我在这个岛上最后的记忆。

>>>> 旅途的终点 <<<<

其实我很想用一个有喜感的标题纪念这场旅行的终点，尽管这个结束有点无奈。

在我第一次潜入水中，看到那个让我惊叹的世界时，我以为它能为我这段长途旅行划上了一个完美的句号。直到我在医院醒来，居然像老套的港产片一样，记不起曾发生过的事，后来我才知道，我出事了。

在遇到一个可以为我唤醒记忆的催眠师之前，也许在素林岛的第三天到底发生了什么，永远是一个谜。我只是听说当时有人在岸上远远看到浮在水面的我，然后报警救起了我。根据新闻所说，我大概是浮潜出事了。无论怎样，谢天谢地，我活了下来，这也让我发现，原来活着是那么重要。

接下来的事与旅行全然无关，只有家人的关怀，朋友的问候，甚至在素林岛认识的几个泰国朋友都看到新闻找到医院来看我，把我感动得一塌糊涂。

只是……经此一役，以后我想旅行必然会面对更多的阻力了。但是如果问我，“以后还敢出去吗？”我会很肯定地回答是。旅途因未知而美丽，梦想因勇气而精彩。而当我懂得对自己的生命负责，对家人的关怀而负责之后，我踏出的每一步，将更加庄重而富有意义。

贴士

听说在泰国浮潜和潜水出事的案例，每年都层出不穷，在此诚心告诫去泰国乃至整个东南亚玩水的人，注意安全哦！

内容简介

一个女生，一个单肩包，全程180天，2万块钱的旅游经费，这就是本书记录的内容。她带着彩色铅笔出发，从甘南、青海、西藏，一直画到尼泊尔、云南、老挝、泰国。旅途中搭过车，结过伴，遇到过假惊险和真危险，甚至最后在泰国的时候遭遇生命危险，她完全对这个世界失去知觉，被直升机救起，然后，重新活蹦乱跳的来讲她的这个旅游故事……本书结合普通文字、手写体、手绘图的形式，描绘满路的惊喜和跌宕起伏，让读者通过读此书收获一个有趣而全新的世界。

图书在版编目（CIP）数据

旅程千变万画：从甘南到泰国 / 邹信洁著．—北京：北京大学出版社，2013.9

ISBN 978-7-301-22653-7

Ⅰ.①旅…　Ⅱ.①邹…　Ⅲ.①游记—作品集—中国—当代

Ⅳ.①I267.4

中国版本图书馆 CIP 数据核字（2013）第129311号

书　　名：**旅程千变万画　：从甘南到泰国**

著作责任者：邹信洁　著

责 任 编 辑：张亚丽

标 准 书 号：ISBN 978-7-301-22653-7 / K·0962

出 版 发 行：北京大学出版社

地　　址：北京市海淀区成府路 205 号　100871

网　　址：http://www.pup.cn　　新浪官方微博：@北京大学出版社

电 子 信 箱：pup_6@163.com

电　　话：邮购部 62752015　发行部 62750672　编辑部 62750667　出版部 62754962

印　刷　者：北京大学印刷厂

经　销　者：新华书店

880mm × 1230mm　32 开本　9.75印张　300千字

2013年9月第 1 版　2013年9月第 1 次印刷

定　　价：40.00 元